コード・ブルー 2nd season

―ドクターヘリ緊急救命―

脚本　林宏司
ノベライズ　沢村光彦

【ドクターヘリ】

初療室に匹敵する設備を搭載した
救急専用ヘリコプター。
一刻も早く患者のもとへ
専門医、看護師を派遣し、
現地で治療を開始するための
究極の医師デリバリーシステムで、
搬送時間の短縮のみならず、
救命率の向上や後遺症の軽減に
大きな成果を上げています。

Q 現場への平均到着時間はどのくらい？

A 約15〜20分（地域によって差がある）

Q ドクターヘリの今後の課題は？

A ①運航経費の確保
②ドクターヘリ運航従事者の確保・育成
③運航時間延長（夜間を含む）への準備

Q ドクターヘリが日本で導入されたのはいつ？

A 1999年10月から試行開始。
2001年4月から国と地方自治体（県など）による
「ドクターヘリ導入促進事業」として本格的に導入。

Q 日本における
ドクターヘリ導入数は？

A **41**都道府県
51箇所
（平成29年4月現在）

Q 日本における
年間平均出動回数は？

A 約**540**回

資料提供：一般社団法人 全日本航空事業連合会・ヘリコプター部会　ドクターヘリ分科会

ドクターヘリ搭載装備

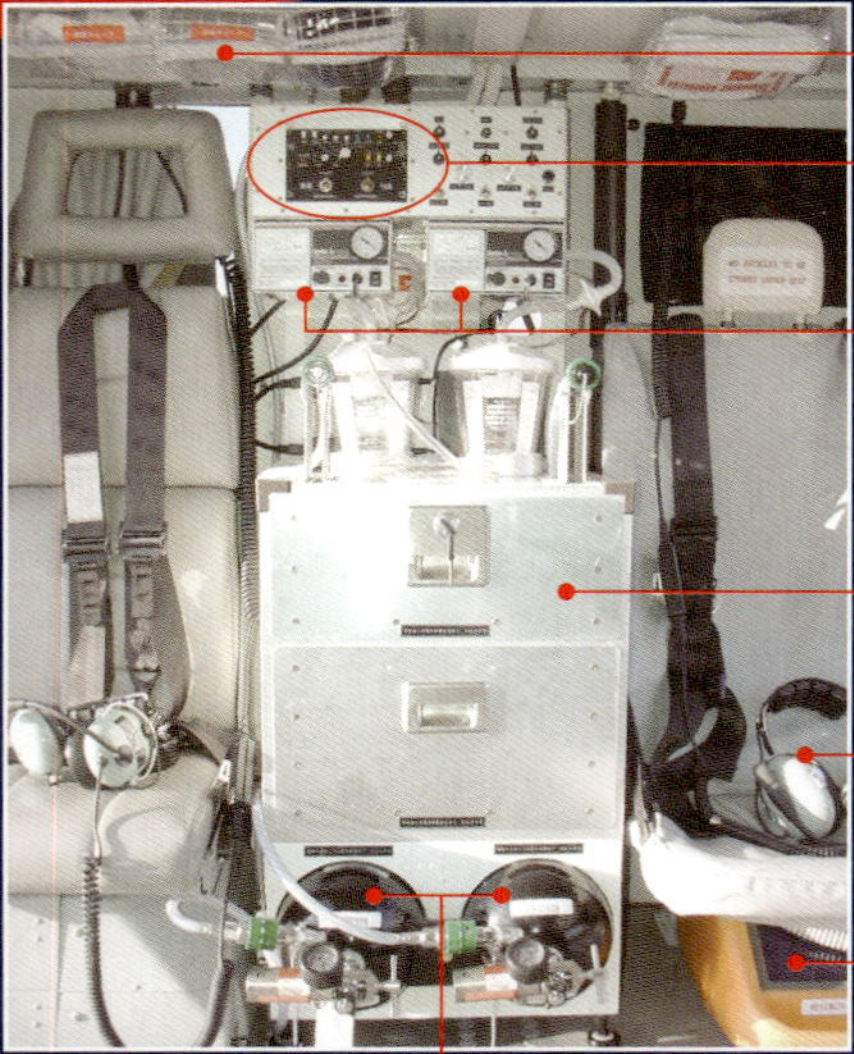

医療機材用のポケット

無線機コントローラー

吸引器

薬品収納庫（上部は鍵つき）

ヘッドセット

除細動器

酸素ボンベ
（充填ガス容積1260リットル×2）

医療用照明

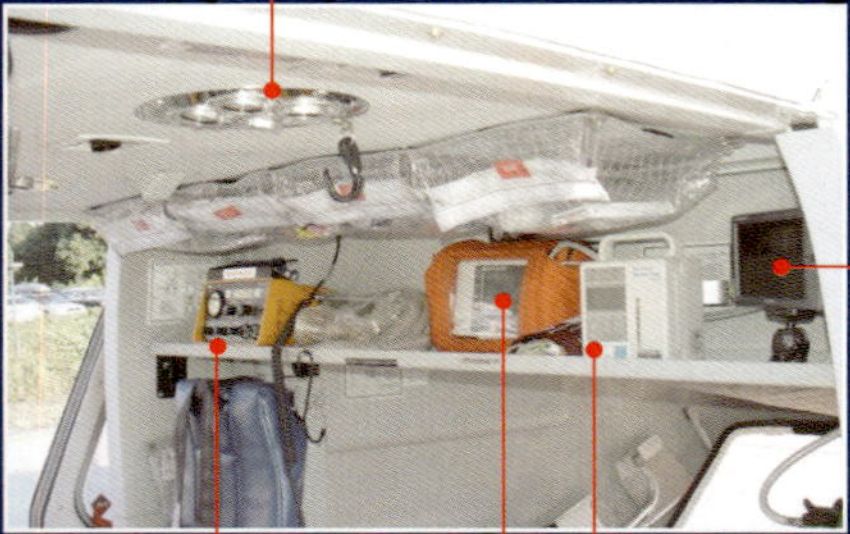

フライト後は、装備の点検や薬品の整理・補充を行う。

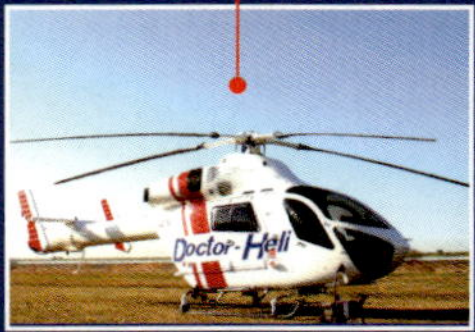

人工呼吸器

ECGモニター

輸液ポンプ

ナビゲーションモニター

資料提供：朝日航洋株式会社

脚本・林 宏司
ノベライズ・沢村光彦

コード・ブルー
―ドクターヘリ緊急救命―
2nd シーズン

扶桑社文庫
0653

本書はドラマ「コード・ブルー　2nd season」のシナリオをもとに
小説化したものです。小説化にあたり、内容には若干の変更と創作が
加えられておりますことをご了承ください。
なお、この物語はフィクションです。実在の人物・団体とは無関係です。

1

青く澄みきった大空のスクリーンに、ヘリコプターの機影が映り込んでいた。轟きわたるローター音。真冬の太陽の日差しを受けて、白い機体がまばゆい輝きを放っている。翔陽《しょうよう》大学《だいがく》附属《ふぞく》北部《ほくぶ》病院（翔北《しょうほく》病院）の救命救急センターに所属する、「命の翼」——ドクターヘリだ。事故や急患の発生時に通常の救急車では間に合わない場合、患者を搬送する唯一の手だてとなる、救命の最後の砦である。

重傷を負った中年男性を一分一秒でも早く送り届けるべく、ヘリは青空に航跡を描きながら、治療態勢を整えて待機している病院へ急行しているところだった。

「こちら翔北ドクターヘリ。病院到着は九時〇七分……」

時間との戦い。無線で話す操縦士・梶寿志《かじひさし》の声にも、明らかに緊迫した響きがある。

梶の後方では、かたい表情を崩さないまま患者に応急措置を施している若い医師の姿があった。救命救急センター所属のフェロー（ドクターヘリ専門研修生）のひとり、藍沢《あいざわ》耕作《こうさく》である。

患者の状態を見定める目と、てきぱき処置を続ける両手と、その両方ともただの一瞬たりとも動作を止めないまま、藍沢の脳内ではもうひとつ別の活動も行われていた。過去に体験した、ある出来事に関する記憶の断片が、彼の中で再現されていたのだ。

細心の注意を払うべき救急患者を前にして過去を回想するなどといえば、不謹慎、不真面目に聞こえるかもしれない。だが人間の脳とはそれほど単純な構造から成るものではないのだ。脳のある一部分に別の光景が映し出されていても、藍沢の神経は最大限にとぎすまされ、一定の水準を常に保ち続けていた。いや、むしろこの回想それ自体が、彼の集中力をより高めるための、一種の触媒になっている可能性さえあった。精密で繊細な作業にあたる際には、神経のすべてをその対象のみに向けているより、心の片隅のどこかに余力を残しておいたほうが効果的なこともある。誰かに習ったわけではなく、藍沢はそのことを体験的に学んでいた。

この日、藍沢の脳裏に蘇った映像は、一年ほど前に遭遇した大惨事、列車の脱線転覆事故の現場だった。

おびただしい数の重軽傷者——命を落とした者も大勢存在した——を前にして、藍沢は同期である三人のフェローたちとともに必死の救急活動にあたったものだ。そう、三人の同期生たち——白石恵《しらいしめぐみ》、緋山美帆子《ひやまみほこ》、藤川一男《ふじかわかずお》——の存在が、藍沢にとってどれだけ大きく、かけがえのないものだったか、それを今では彼もよく知っている。自身の技術と知識のみを頼りに、ともすれば独善的になりがちだった自分が、彼らによって少しずつ変わっていったことは認めざるをえない。そして、その変化が、医師としても、ひとりの人間としても、藍沢を確実に成長させてきたことも。

白石は高名な医師を父にもつ、どちらかといえばおっとりしたお嬢様という風情をたたえた清楚な女性だ。精神的に線が細いところがあり、彼女の不注意から、当時フェローたちの指導医だった黒田脩二《くろだしゅうじ》が現場で重傷を負ったあとには、翔北病院を去ろうとしたこともあった。しかし、お嬢様のような外見の奥に潜んでいる芯の強さが、彼女をぎりぎりで踏みとどまらせた。白石の強さは、あの列車事故の現場において、その真価を発揮したのだった。

救急救命の初期活動のひとつにトリアージがある。災害などにより多数の患者がいる際、患者の状態を素早く判断し、搬送や治療の優先順位を決定する作業だ。それはある意味で機械的に進めねばならない。軽症の者より重症の者を優先する。けれども「重症すぎる患者」、すなわち「病院に運んでも助かる見込みの薄い患者」は、即時に見きわめて、冷徹にも見える態度で切り捨てねばならないのだ。助けを求める患者やその家族を前にして、ひとつの重たい命を救うのをあきらめることは、どれだけ場数を踏んだべテランの医師にとってもつらい仕事である。

あのとき白石は、列車事故の修羅場に身を置きながら、それを冷静にやってのけた。頭部に重傷を負って意識のない男性に対し、必死に助けを請う彼の妻と娘の目の前で、医師としてできうる最善の判断を毅然と下したのである。

病院への帰還後、めったにフェローを褒めない黒田が、白石に言ったものだ。

「お前は間違っていない。……よく冷静に対処した」

その冷静さこそ、白石が黒田から学んだものだった。


ひょうきん者で、その場の雰囲気をやわらげる藤川は、技量的には残念ながら同期の中で一歩出遅れていた。かつて黒田から、半ば見捨てるような言葉をかけられて、やけになりかけたこともある。

その「劣等生」が、あの日の現場で大仕事をやってのけたのだ。※1膝窩《しっか》動脈を切って出血が止まらない患者に対し、大腿《だいたい》動脈を遮断するという大手術を行い、それを成功させたのである。負傷で右腕の機能を失い、メスを持てない体になった黒田の指導と激励を受けながらのことだった。手術を受けた患者は迅速かつ的確な処置の甲斐あって、脚の切断を免れることになる。この経験は、劣等感にさいなまれることの多かった藤川にとって、大きな自信となって残った。彼に引導を渡すかもしれなかった黒田の、いわば置き土産だった。

あの列車事故を最も衝撃的な出来事として記憶しているのは、あるいは緋山かもしれない。現場で、あわや命を落とすところだったのだから。

脱線し、横倒しになった列車の上にいたとき、車両が激しく揺れ、緋山はバランスを失って落ちてしまったのだ。胸部を激しく打撲した彼女は心《しん》タンポナーデ※2を起こし、発見されたときには心停止の状態にあった。

※1 膝窩動脈
膝の裏側を通っている動脈。

※2 心タンポナーデ
外傷などが原因で、心臓と心嚢（心臓を包んでいる袋状の膜）の間に急速に液体がたまったために、心臓が圧迫されて正常な動きができず、全身に必要な血液を送り出せなくなった状態。

黒田の指揮のもと、藍沢の手による※1心嚢穿刺《しんのうせんし》の処置が行われたのち、緋山は病院へ搬送された。緋山の心臓の右心室や左心房に損傷が見つかり、専門家である心臓外科医たちによって緊急手術が行われた。術後も、脳の機能が無事かどうか、危ぶまれる状態だった。

現場の処置が功を奏したのか、執刀した医師の腕がよかったのか、周囲の祈りが天に通じたのか、はたまた日頃の勝気で負けず嫌いな性格がこの世に彼女を押しとどめてくれたのか……、おそらくはそのすべてなのだろう、緋山は大怪我と大手術を奇跡的に乗り越えることができた。だが、その後に治療とリハビリの時期を過ごしたせいで、彼女のフェロー生活には約二カ月のブランクが生じる結果となり、それが職場復帰後の緋山をひどく焦らせている……。

あの列車事故が起こる直前に、藍沢はひとつの大きな――そして私的な――出来事と直面した。

両親が離婚し、しかも母も父も幼くして亡くした藍沢は、少年時代を父方の祖母の絹《きぬ》江《え》のもとで送った。いってみれば絹江こそ彼の母であり、そして父でもあった。藍沢は大学進学を機に独立し、やがて医師となった。ところが運命のいたずらか、ある日、その絹江が脚を負傷して翔北病院へ運び込まれてきたのだ。

負傷そのものは命にかかわるものではなく、リハビリを行えば歩行にも支障はなくなるとの診断がなされたのだが、おそらくは事故のショックが原因で、絹江は記憶の一部を失い、※2譫妄《せんもう》状態に陥った。藍沢のたったひとりの肉親は、再会した孫の顔もわからなくなってしまったのだ。冷徹・冷静な精神を医師としての身上にしていた藍沢にとっても、それはとても耐えがたいことだった。

事故による一過性の譫妄であるなら、全身状態の回復や歩行の改善によって意識が正常に戻る場合がある。だが、逆に認知症に進む場合もある。つまり、どうなるかはわからない。医師として望ましいこととは思えなかったが、藍沢には祈るよりほかなかった。救命医療に携わる者ならば否定すべき「奇跡」の存在を願うしか……。

そして、それは起こったのだ。

※1 **心嚢穿刺**
心嚢に中空の細い針を刺して、心嚢にたまった液体（心嚢液）を抜く処置。
※2 **譫妄**
意識混濁に加えて、幻覚や錯覚がみられる状態。

祖母の記憶が戻ったという知らせを聞いて病室に駆けつけた藍沢を、絹江は笑顔で迎えてくれた。子供の頃から見慣れたあたたかな笑顔で、成長した孫の顔を見つめてくれた。彼の手をとり、救命の青いユニフォームを優しく撫でて、「似合っているわね、耕作」と言いながら。

リハビリこそまだ必要なものの、傷が癒《い》えて、精神状態も回復した絹江は翔北病院を退院することになった。リハビリ途中の高齢者がたったひとりで生活していくのは無理がある。かといって、救命担当の医師として働く藍沢が、祖母の面倒をみながら暮らすというのも簡単なことではない。

藍沢は悩んだ。祖母への感謝や報恩の気持ちと、自身の天職と信じる仕事への思いの、板ばさみになって苦しんだ。だが、当の絹江は孫の心中を察していたのか、高齢者施設への入居を申し込もうとしていた。

あの列車事故は、まさしくそんな時期の出来事だったのだ。

地獄のような大事故が起こった翌日、藍沢たちはひとつの別れを経験することになる。メスこそ持てないものの、精神的・技術的な支柱として現場でフェローを指揮してくれた黒田が、翔北病院を去っていったのだ。

救命救急部長の田所良昭《たどころよしあき》は、黒田に部長となって留まることを望んだ。「フェローたちが、あなたから学ぶことはまだたくさんあります」と。だが黒田の決心は固かった。挿管すらできない医者が救命にいてはいけない——田所の願いを固辞しながら、黒田はきっぱりとこう告げる。

「リハビリをやってみます。もう一度、ボロボロになるまで。……どこまで回復するかわかりませんが」

不自由な右手を吊り、左手にバッグを下げて、病院を去ろうとした黒田を見送ったのは、療養中の緋山を除いた三人のフェローと、ナースとして行動をともにしてきた冴島《さえじま》はるかだった。

言葉が出ないのか無言の三人を代弁するかのように、藤川が声をあげる。

「昨日は、ありがとうございました」

「礼などいらん。俺はもう指導医じゃない」

黒田は、無愛想に応じて、背を向けた。食い下がる藤川。

※挿管
口（または鼻）から気管へ、気管内チューブを挿入して、気道を確保する処置。

「これからも、俺たちの指導医でいてください」

「……」

黒田は答えない。藤川と白石、冴島、それに藍沢は、ただ黙って黒田の背中を見つめた。ややあってから、黒田がようやく口を開いた。

「俺が今まで見てきたフェローの中でも……最低だ、お前らは。自尊心ばかり強くて、傷みに弱い。傲慢で、自己愛が強い……」

そこまで言うと、黒田は振り返った。そして最後にもう一言、念を押すようにつけ加えた。

「最低だよ」

感傷などそこにはなかった。しかし、まるで捨て台詞のような黒田の最後の言葉が、けっして本心から出ているものではないことだけは、残された四人にもわかっていた。あったのは、別れ、だけだ。そして別れとは、また会うための約束でもあるのだ。

黒田が去っていった日に、もうひとつの別れが藍沢を待っていた。祖母の絹江が孫に黙ったまま、退院していこうとしたのである。今まさにタクシーへ乗り込もうとしている絹江を見つけた藍沢は、さまざまな思いを胸に「ばあちゃん」と声をかけた。

「忙しいんだから、見送りはいいんだよ。仕事、頑張ってね」

孫に向かって微笑みかけながら、穏やかに答える絹江に藍沢は言った。

「一緒に暮らそう、ばあちゃん」

「……何を言ってるの。年寄りの面倒をみながら、仕事ができるわけないでしょう」

タクシーに乗り込みかけた絹江が振り返った。

「大学に入ったとき、あんたは出ていった。それっきり音沙汰もなかった」

そこまで言ったとき、絹江は笑顔を輝かせた。

「……嬉しかったよ」

祖母の言葉の真意がわからず困惑する孫に向かって、絹江は語りかけた。

「私のうしろばっかり、ちょこまかついてまわっていた子が……一人前になったんだなってね。……それで、いいんだよ」

藍沢は何も答えられなかった。「ばあちゃん」とつぶやくのが精一杯だ。なぜか涙がこぼれてくる。けれども、それを押しとどめたいとは微塵も思わなかった。

「仲間の先生たち、それにナースの冴島さんも、みんな会いにきてくれたよ。みんな、あんたのことを褒めていた、しらじらしいくらい。……いい友達ができたんだね」

藍沢は涙も拭かないまま、ただ黙ってうなずく。

「耕作の働いてるところを見られてよかった」――それが絹江の最後の言葉だった。

この世でたった一人の祖母は、優しい微笑みを絶やさぬまま、最愛の孫のもとから去っていったのだ。自分を見送る孫の視線をタクシーの中で確かに感じながら、絹江が笑顔の上に一筋の涙を流していたことなど、藍沢に知るすべはなかった。

「藍沢耕作……冷静で腕はいいが、協調性なし」

その朝、救命救急部の部長室で、長身でスーツ姿の中年男性が田所部長と向き合っていた。その男性は、手にした一通のファイル――「翔北ドクターヘリ活動評価表」という字が見える――に視線を落としながら、淡々とした口調で続ける。

「白石恵。豊富な医療知識を持っているが、積極性にやや欠ける。……緋山美帆子。負けず嫌いで努力家。一年前、救護作業中に心破裂の重症を負い、そのため二カ月のブランクあり。それから……藤川一男。フェローのムードメーカー。技術、知識ともにやや遅れをとっている。――以上の四名ですか……」

言葉を切った男は、ファイルから田所へと視線を移し、念を押すような口ぶりで訊いた。

「よろしいんですね？　彼らのフェロー卒業の認定を、私に一任していただく形で」

田所が「ええ」とうなずく。「彼ら四人が正式なスタッフドクターになるにふさわしいかどうか……この三カ月間でじっくり見てください。頼みましたよ、橘《たちばな》先生」

橘と呼ばれた男性は、どこか意味ありげにも見えるかすかな笑みを口元に浮かべて、田所にうなずき返す。一礼して立ち去りかけ、ふと思い出したように、橘はもう一度、田所のほうに顔を向けた。

「……ところで、今、三井先生は？」

その口調はやはりどこか意味ありげに聞こえた。

※カンファレンス室では、毎朝恒例の申し送りがベテラン女医の三井《みつい》環奈《かんな》を中心に行われていた。入院患者の状態が各担当から報告され、それをもとに本日の勤務態勢がてきぱきと決められていく。
生真面目な顔つきでメモをとる白石。

最近生やし始めた、お世辞にも似合うとはいいがたい髭を気にしながら、三井の言葉を聞く藤川。

※カンファレンス室
症例検討会（医師同士で、場合によっては医療スタッフも交えて、診断や治療方針について議論する会）を行う部屋。

そして——部屋の隅に座った緋山は、壁に貼られた一枚の紙をじっと見つめている。フェロー四人のフライト数と担当した症例数とが、そこに記されていた。藍沢と白石、それに藤川はほぼ横並びだ。しかし緋山だけ、四〇例ほど数が少ない。例の列車事故による治療とリハビリの影響だ。

やがて緋山がさっと壁から視線をそらして、手にしていたペットボトルの水をごくりと飲み込む。その顔にあったのは……焦りと悔しさだろうか。

カンファレンス室を出た三井と緋山はＩＣＵ[※1]で、白石と藤川はＨＣＵ[※2]で、それぞれ患者の処置にあたった。この日のフェローたちの大きな関心事は、本日より赴任するという新しい指導医のことだった。彼らに大きな影響と得がたい教えを残して去っていった黒田の後任にあたる人物である。といっても、その人物——橘啓輔《けいすけ》についてむやみに気にしているのは、もっぱら藤川であったが。

「どんな奴が来ても、どうってことないよ。俺たちは黒田チルドレンだぜ。さんざん鍛えられたんだ。誰が来たって、たいしたことねえよ」

誰かに訊かれたわけでもないのに、なぜか胸を張って宣言する藤川。どこか虚勢じみた様子も見てとれる。受け流すように白石が口を開いた。

「……で、その髭は黒田先生の真似なわけ？」

「ああ、黒田にあとを頼まれたからな！」

「頼んでないと思うけど、黒田先生……」と肩をすくめる白石。すると藤川が唐突に話題を変えた。

「なあ、今日、クリスマスイブだろ。お前、どうすんの、今年のクリスマス」

「別に」と白石。その話題に関心はないらしい。構わずに藤川が続ける。

「あのさ、俺も思い切ってさ、あいつを誘おうかと……」

あいつ――それがおそらくナースの冴島であることは、このとき藤川の言葉を聞いていた者なら誰でもわかったはずだ。藤川が冴島にほのかな想いを寄せていることは、彼の日頃の態度や言動から一目瞭然だった。もっとも本人だけはそう思っていないのが面白いところである。

※1 ＩＣＵ
Intensive Care Unit の略。集中治療室。重篤な患者の容態を24時間態勢で管理し、高度な治療・看護を行う部門（またはその施設）。
※2 ＨＣＵ
High Care Unit の略。準集中治療室。ＩＣＵに準じる集中治療・看護を行う部門（またはその施設）。

　しかし、残念ながらこのときの白石はすでに藤川の話をまともに聞いてはいなかった。彼の言葉が終わらないうちに、そばのナースに向かって「リンゲル※、どれくらい入れてる?」と尋ね、目の前の仕事に完全に没頭している様子だ。それでもなお何か言いかけた藤川に、白石はもはや目もくれず、「尿の量、気をつけておいてね」とナースとの会話を続けるのみだ。

「ちょっと、人の話を聞けよ」と藤川が口をとがらせたとき、ホットラインの乾いた音が室内に鳴り響いた。無機的なその響きはいつでも、何かよくないことが起こった合図なのだ。この日もそれは例外ではなかった。

「間もなく到着する」という梶の言葉を耳にして、藍沢は長い回想を中断した。いや、実際には長くはない。時間にして、ものの数分といったところだろう。物理的な時間の経過と、人間が感じるそれとは必ずしも一致しないものだ。さながら長編映画のようなボリュームの過去を脳裏に蘇らせていたとしても、現実世界ではほんの一瞬ということもある。

　かたわらの席についていたベテラン医師の森本忠士《もりもとただし》、それにナースの冴島とうなずき合ってから、藍沢は窓から眼下を見おろした。視界の片隅に翔北病院の建物が小さく映ったとき、彼はふと、今の回想をいぶかしく感じた。

なんでまた、あの列車事故のことなんか思い出したんだろう……。それに……ばあちゃんのことも……。

何かの予兆、先触れなのだろうか。刹那《せつな》に浮かんできた、そんな疑念を、藍沢はすぐに振り払う。仮にも医師たる者が、根拠のない思考などにふけるものではない――祖母・絹江の回復という奇跡を願ったことこそあるが、それでもこの信条を曲げる気にはならなかった。

朝の総合病院は例外なくあわただしいものだ。それが救急救命の場であれば、なおさらである。ヘリポートに到着した藍沢は、彼の乗ったヘリの帰還とまるでタイミングを合わせるがごとく、二台の救急車がここ翔北の救命救急センターへ患者を搬送してきたことを知った。

※リンゲル
「リンゲル液」の略。大量出血したり脱水状態に陥ったりした際、減少した体液を補うために、点滴などにより投与する液剤。

忙しくなるな、と藍沢は唇をかみしめた。三名の救急患者を同時に受け入れれば、院内はちょっとした修羅場になる。あの列車事故を思い出したのは、もしかしたら今日これから体験するはずのあわただしさを予見していたためかもしれない。そう思いかけて、藍沢は改めてその考えを打ち消した。しかし、藍沢はまたもやその非合理的な思いにとらわれることになる。救急車が運んできた二名の患者のうちの一人が、彼のよく知る、そしてこの世で最も大切な人間だったのだ。一年前、この病院の玄関で別れた祖母——絹江である。

入居中の高齢者施設から運ばれてきた絹江は、激しい息苦しさを訴えていた。付き添いの施設職員が、一昨日から我慢をしていたらしいと話す。適切な処置のおかげで状態も安定し、幸い、心不全※1など重篤《じゅうとく》な病の兆候はない。ただ、肺炎を起こしている可能性は否定できず、高齢ということもあって、しばらくの間は入院することになった。

救急車で運ばれてきたもう一人の患者は、小堺孝子《こさかいたかこ》という43歳の女性だった。救急隊員によると、駅のホームで突然、卒倒したのだという。受け入れに出た藤川と緋山は、彼女の顔をひとめ見て、顔色を失った。つい先日、この翔北病院で治療の甲斐なく亡くなった患者の娘だったのだ。父親の病室で親身に付き添いを続けていた彼女の献身ぶりは、藤川や緋山の記憶にも深く刻まれていた。

運び込まれた小堺の治療がすぐに始められた。初療室には二人のほかに、ヘリで運んできた患者の手当てをする藍沢、白石、それに森本と三井の姿もあった。小堺が倒れてからすでに三六分が経過しているらしい。けっして短い時間とはいえない。彼女の様子を観察しながら「かなり誤嚥《ごえん》※2してるわ」とつぶやいた緋山の背後から、男の声が聞こえた。

「挿管か、マスクでいけるか、どっちだ、藤川？」

虚をつかれて振り返る藤川と緋山。そこにいたのは、新任指導医の橘である。上着を脱ぎ、シャツの袖もまくり上げた臨戦態勢の彼を、三井がちらりと見やった。だが無言のまま、すぐに視線を元に戻す。いつの間に来ていたのか、部長の田所も初療室の片隅で様子を見守っていた。周囲に構わず、橘が藤川を促す。

※1 心不全
心臓の機能が低下して、充分な量の血液を全身に送り出すことができない状態。
※2 誤嚥
食べたものや飲んだもの、唾液などが、食道ではなく気管に入ってしまうこと。

「ほらほら、どんどん吐物で溢れてくるぞ。早くしろ」

あわてて患者に向き直りながら、藤川が看護師に、挿管と吸引の用意を指示した。間髪をいれずに橘が言う。

「緋山。外頸《がいけい》静脈に※1怒張《どちょう》がある。考えられる疾患は？」

「心タンポナーデ、※2緊張性気胸《ききょう》……それから――」

僅《わず》かに言いよどんだ緋山に代わって「急性心不全もだ。心機能も確認が必要だな」と、橘が答えを口にした。

「白石、重症骨盤骨折の処置は？」

「シーツラッピング、※3創外固定《そうがいこてい》、ガーゼパッキングです」

「さすがだ。ただし、その順番が問題になることもある。忘れるな。……それから藍沢。頸《くび》から血がけっこう出ているな。ちんたらやってていいのか。死ぬぞ」

いつもと変わらず冷静な口調で返答する藍沢。

「頸の傷は広頸筋《こうけいきん》にとどまっています。ショックの原因は気胸による低酸素と判断して※4胸腔《きょうくう》ドレーンを挿入しました」

藍沢の答えに「なるほど」と橘が応じたとき、「血圧が上がってきました」という冴島の声が響いた。橘がうなずき、周囲に告げる。

「よし。とりあえず、もうＣＴ※5に行っても大丈夫だろう」

いきなり登場して、場を仕切ってしまった橘に対して、その場にいた全員が、どこか唖然とした顔を向けた。それに初めて気づいたように、橘が四人のフェローを見すえながら言った。

※1　怒張
血管が拡張して、ふくれ上がって見える状態。

※2　緊張性気胸
重症の気胸（胸壁と肺の間に空気が入り込んだ状態）で、胸壁内に大量にたまった空気により、肺や心臓などが圧迫されている状態。

※3　創外固定
骨折の治療において、皮膚の上から骨折部の両側の骨にピンなどを刺し、それを体外の固定具に連結することで、骨折部を固定する方法。

※4　胸腔ドレーン
胸腔内にたまった空気や液体、膿《うみ》を取り除くための、細いプラスチックのチューブ。肋骨と肋骨の間を一部切開して、胸腔内に挿入する。

※5　CT
Computed Tomography の略。コンピュータ断層撮影。人体にさまざまな角度からX線を当て、それをコンピュータで処理して、身体内部の画像を得る方法（または、そのための装置）。検査手段として広く使われている。

「翔陽大の本院から来た橘だ。君らの腕前を見きわめるために来た。救命に残れるか、別の科に移れるか、それとも脱落して、フェローをやり直すか。すべてこの俺にかかっている」

一瞬、張り詰めた空気が室内に走った。だが次の瞬間、自分がつくったその空気を打ち消すように、橘が不意にくだけた調子でつけ加える。

「というわけだから……頑張ってね」


ＩＣＵに移された小堺の容態はどうにか安定していた。麻酔で眠り続ける彼女の血ガス[※1]を採りながら、緋山がひとりごとのように言った。

「このかた、お父さんがＩＣＵで先日亡くなったんだよね」

藤川とともにかたわらにいた冴島がそれに答える。

「ええ。ヘリで運ばれて六三日目に。一度も目が覚めることなく……」

「彼女、毎日来てたもんね。肉体的な無理に心労が重なって、それで心筋炎[※2]を起こしたのか」

やりきれない顔で言う緋山に、藤川が応じた。

「ＤＮＲ[※3]オーダーにサインをもらえていれば、ご家族もここまで苦しまずにすんだのかもね。……毎日来てれば、そりゃあ病気にもなるよ」

「早く亡くなったほうがよかったというんですか?」

そう言って藤川を見た冴島の顔と口調には、どこか険しさが感じられた。

「い、いや、そうは言わないけど、植物状態で亡くなるくらいなら、人工呼吸器をつけないっていう選択肢もあったんじゃないか……って」

言い訳のようにも聞こえた藤川の言葉に、冴島は何も答えなかった。

※1 血ガス
「血液ガス」の略。血液中に含まれる気体(酸素や二酸化炭素など)の総称。そのデータは診療に欠かせないものとなっている。

※2 心筋炎
種々の要因により、心臓の筋肉(心筋)に炎症が起きた状態。ほとんど無症状の場合もあれば、突然死に至る場合もあり、症状のあらわれ方もさまざまである。

※3 DNRオーダー
Do Not Resuscitate order(蘇生処置拒否指示)の略。心肺停止時に心肺蘇生術を行っても回復が望めない場合は蘇生術を行わないことを、患者・家族・医師らがあらかじめ話し合い、医療スタッフに伝えておくこと。ここではその同意書を指している。

急患が続いたあわただしさがおさまった頃、藍沢は祖母・絹江を病室に見舞っていた。ちょうど目を覚ました絹江に、藍沢が苦言を呈する。

「急性肺炎でしばらく入院だよ。なんでもっと早く誰かに言わないんだよ。我慢はよくないって言っただろう。体のことを考えてくれ」

「迷惑をかけてごめん」と応じてから、絹江が不意に昔話を始めた。

「……私、入院しただろう、盲腸で。あんたが小学校三年の六月に。あのとき、あんた、病院まで三時間かけて歩いてきたじゃない。電車もひとりで乗れなかったものね、四駅ぶんも雨の中、とことこ……。あんなふうに心配かけたくなかったんだよ」

祖母の優しさと心遣いが胸に沁みた。だが、それをおくびにも出さず、むしろ怒ったような口調で言う藍沢。

「もう電車は乗れる。……とにかく体を大事にしてくれ」

孫の剣幕に押されたように、「すまないねえ」と絹江はつぶやいた。

緋山、藤川、それに冴島はHCUで作業中だった。藤川が、不意に冴島に問いかける。

「あのさ、冴島。明日はオフだよね。なんか予定ある？」

無表情な顔で藤川を見ながら「ええ……ちょっと法事が。何か？」と答える冴島。

「あ、いや、それならいいんだ、別に」

特に興味もなさそうにすぐに藤川から顔をそらすと、冴島は外へ出ていった。

「法事かあ。……それじゃあ仕方がないよなあ」

残念そうに首を振りながら、藤川が緋山に言った。

「バレンタインのときは、はとこの結婚式で、去年のクリスマスは飼ってた犬の三回忌だったんだって。……今年はあいてると思ったんだけどな」

「まさか……信じてんの、それ？　……あんたの鈍さにはクラクラするわ」

あきれたように口を開いて、さらに言葉を続けようとした緋山が、不意に胸を押さえてその場にしゃがみ込んだ。藤川が心配そうに問いかける。

「どうかしたのか？」

かぶりを振って立ち上がる緋山。

「ううん。なんでもないから。……あと、よろしくね」

不審そうに自分を見つめる藤川の視線を感じながら、緋山はそそくさと部屋を出ていった。

白石はロッカールームにいた。携帯電話を耳に当てている。会話の相手は母親だった。

両親は、研修を終えれば娘が戻ってくるものと信じている。この日もやはりその話だった。先のことはまだわからないと言葉を濁す娘に、「お父さんも楽しみにしてるんだから……」と母親の声が追い打ちをかける。

「今、お父さんはいるの？」と尋ねる白石。

「学会で講演よ。今日は静岡のほうで」

　母に聞こえないよう小さくため息をついてから、白石は「忙しいから」と通話を打ち切った。携帯電話をしまいながらもう一度、彼女がため息をついたとき、ロッカールームの片隅に誰かがいるのに気づいた。緋山である。つらそうにうつむきながら座っている。彼女の横にはペットボトルと、それから本が二冊置いてあった。

「どうかしたの？」という問いかけに、緋山は「別に」と一言だけ答えて、白石と目も合わさないまま立ち上がると、自分のロッカーへ本をつっ込み、そのまま外へ出ていってしまった。取り残された白石がその場に立ち尽くしていると、物音とともに、緋山のロッカーの扉が開いた。今入れたばかりの本が落ちたのだ。二冊とも心臓外科の専門書で、たくさんの付箋がついている。白石が拾い上げて見ると、どちらの本にもページのあちこちに傍線が引かれていた。そこには「左房」、「オペ後」、「後遺症」、「塞栓《そくせん》※1の不安」などの文字が……。本から目を上げた白石の表情には、戦慄の色が見えた。

院内のカフェで、藍沢と藤川が並んで昼食をとっていた。藍沢は基本的に寡黙なので、話しかけるのはいつも藤川だ。藍沢の祖母・絹江の容態や指導医の橘の噂など、藤川の口からはいくらでも話題が出てくる。以前はそれがうっとうしかったものだが、今ではあまり嫌がっていないどころか、その俗っぽさを好ましくさえ感じていることに気づき、藍沢は思わず苦笑した。と、トレイを持った緋山がテーブルにやってくる。トレイにはペットボトルの水も置かれていた。少し遅れて入ってきた白石が、「ねぇ、ちょっと……」と緋山の背中に声をかけた。目を合わせない緋山。ためらってから、白石がまた口を開く。

「心房細動[※2]は冷たい水を飲むと、一時的に回復する」

白石の視線は、緋山のペットボトルに注がれていた。顔をこわばらせた緋山が、真剣な顔で白石に詰め寄る。

※1 塞栓
血管をふさいで血流を妨げるもの。血液のかたまり（血栓）、脂肪、腫瘍、空気など。ここでは、塞栓によって血管が詰まり、その結果、血液が届かなくなった部分の組織が壊死（えし）などを起こすことを指している。

※2 心房細動
心房の筋肉が速く不規則に収縮するために、心房全体が小刻みに震え、血液を効率よく送り出せなくなっている状態。

「ストップ。それ以上言ったら……殺すからね」

その日の午後、消防本部からドクターヘリの出動要請が入った。搭乗したのは藍沢と冴島、それに橘の三人だ。事故現場は利根川にかかる橋。患者は二名。オートバイに乗った若者と自転車に乗った主婦が衝突したのだ。青年のほうは別の病院に搬送が決まり、翔北病院では主婦の米田雅子《よねだまさこ》を受け入れる手はずになっていた。

そう、現場の救急隊員からの報告では、患者は二名ということだった。しかし——。

現場には、もうひとりの患者が存在したのだ。自転車に同乗していた雅子の7歳の息子・弘樹《ひろき》が、川面に浮いているのに藍沢が気づいたのである。衝突の衝撃で大きく投げ出された弘樹は、誰にも見つからないまま、川の中に五〇分以上も放置されていたのだ。

真冬の川の水は、人の体にはあまりにも冷たい。しかし藍沢は、ほとんどためらうことなくその中に入り、少年を抱え上げた。弘樹はすでに心肺停止状態に陥っていた。心臓マッサージを施しても心音は戻らず、体温も26度にまで低下している。一刻も早く、せめて30度にまで回復させない限り、命はない。

弘樹はすぐさま翔北病院へヘリで搬送されることになった。その機内でも、藍沢らの必死の処置が続けられたのはいうまでもない。時間との勝負だ……。

ヘリの帰還を待つ間に、初療室では受け入れ態勢が整えられていた。弘樹が運び込まれたとき、発見からすでに四〇分が経過していたが、体温はまだほとんど上昇していなかった。

藍沢の決断は緊急手術――開胸することだった。温めた生理的食塩水をバスタブに張り、開胸した状態の弘樹を浸からせれば、湯が胸腔内部に直接流れ込む。体を内側と外側の両方から同時に温めることで、体温を上げようというのだ。

思いつく限りの処置が、可能な限りの迅速さで施された。肋骨を折り、心臓マッサージを続ける藍沢も、彼をフォローする白石、藤川、冴島らも、みな必死だった。幼い命を死の淵から救い出すために……。

じりじりしているうちに、時間が経過していく。心臓マッサージとバスタブの湯の効果は確かに出ていた。弘樹の体温は34度まで上昇し、心音も戻った。しかし、7歳の少年の瞳孔は、最後まで開いたままだった。蘇生後脳症[※]――いわゆる植物状態である。

弘樹の母親、雅子は、幸いにして意識を取り戻し、会話ができる状態にまでなっていた。その彼女につらい事情を説明したのは、白石と緋山の二人だった。

※ **蘇生後脳症**
蘇生まで時間がかかったために、脳に障害が残った状態。

幼い息子が植物状態に陥ってしまった。最悪の場合には脳死する可能性もある……その冷酷すぎる事実を伝えられたとき、母親から返ってきた反応は――「サッカーはできますか?」という言葉だった。「スパイク買ったんです、クリスマスプレゼントに」と続ける雅子の顔からは、何の表情も読み取れない。自分自身も重傷を負い、さらに息子を実質的に失ったという現実に対して、自らの精神を崩壊から守るための悲しき防衛本能がそうさせたのかもしれない。

白石にも、緋山にも、返す言葉などなかった。

その夜、藍沢はロッカールームでひとり、放心状態で座っていた。やれるだけのことはやった。それだけは確信をもって言える。だが、だからなんだというのだ。患者の意識が戻らない以上、経過にはなんの意味もないのだ。医療の現場では常に結果が求められるのだから。

ただ肩を落とすばかりの藍沢のかたわらに来た橘が、「よくやった」とねぎらうように声をかけた。見上げる藍沢に、橘は言葉を続けた。

「あそこまで踏ん張ったんだ。あとは呼吸と循環の管理をしておけばいい」

「……こうなること、先生にはわかっていたんですか?」

藍沢の問いに対して「ああ」と、こともなげに答える橘。

「溺《おぼ》れてから、時間が経ちすぎていたからな」

橘は言った。手遅れと思いながら藍沢らに蘇生措置をさせたのは、若きフェローたちに経験を積ませるためだったのだ、と。

子供の低体温はあまり例がない。その治療を実際に体験することは、藍沢らの成長に役立つはずだ――橘はそう考えたのだ。

指導医の務めは、リスクを最小限にしながら若い医者に経験を積ませること、自分たちはそれで給料をもらっているのだ、という橘の考えは、理性的かつ合理的で、けれども、ある意味、冷酷なものだと藍沢には感じられた。

心の中で澱《おり》のようにわだかまる思いを、藍沢は口にした。目の前の命を少しでも延ばすこと、自分は黒田からそう教えられた。だからこそ幼い弘樹の胸を開き、肋骨を折ってまで無理やりに蘇らせた。だが……。

「……それで、あの親子は救われたんでしょうか。二人には、つらい未来だけが待っているんじゃあ……」

しばしの沈黙。それを破ったのはやはり橘のほうだった。

真面目な口調で「さあな」とつぶやいたあと、彼は藍沢の顔をまっすぐに見すえて言った。

「……ただ、君は小児の低体温からの蘇生を体験した。救急医にとっては間違いなくプラスだ。それ以上でも以下でもない。……患者の人生まで引き受けていたら、医者は頭がおかしくなるぞ」

　何も答えようとしない藍沢をロッカールームに残して、橘は去っていった。


　ヘリポートでは、梶と藤川が肩を並べていた。二人を取り巻く空気も、そして梶の口から漏れてくる言葉も、どちらも重苦しい。

「もっと早く離陸できなかったかなとか、もっといいランデブーポイント※があったんじゃねえかとか、後悔ばかりが残るよな、この仕事は。それが……この仕事なんだろうな」

　藤川の口からは、最後までただのひとつも言葉が出てこなかった。


　夜がふけた頃、藍沢はＩＣＵの弘樹のもとにいた。ただ黙って、眠り続けるだけの弘樹を見つめている。その横に立つのは、藍沢と同じく憔悴しきった様子の白石だった。壁にかけられたクリスマス飾りの電飾が、もの言わぬ弘樹の頬を照らし出す。だが、この少年がそれに気づくことはないだろう。

藍沢はまた「奇跡」について思いを巡らせていた。医者を続けるというのは、奇跡など存在しないということを確認する作業なのかもしれない。今日のような日にはそんな考えに支配されそうになる。だが、それでも――。

藍沢はどうしても願わざるをえなかった。目の前で眠るこの少年が目を覚ましてくれることを。母親とともに幸福に暮らしていけることを。

それを……「奇跡」と呼ぶかどうかなど、関係はない……。


常夜灯の頼りなげな明かりが照らし出す廊下を、橘と三井が並んで歩いていた。何げない調子で、指導医としての初日の感想を述べる橘。彼にとって藍沢たちの繊細さは意外に感じられるものだった。医師に最も求められるものは冷静な判断と合理的な精神のはず。あれでは救命には向いていない。早晩つぶれてしまうだろう。

橘の意見に、三井が冷たく応じる。

※ランデブーポイント
患者を搬送する救急車とドクターヘリが合流する地点。

「繊細なのは悪いことじゃないわ」

「自分を見てるみたいでか？」

橘の反応はもっと冷たかった。三井の返事を待たずに歩いていく橘に、声をかけてくる者がいた。脳外科部長の西条章《さいじょうあきら》である。

「例の子供の画像、送っておいてくれ。見ておくから」

「よろしくお願いします」と応じた橘にうなずく西条。彼が行こうとしかけたとき、橘が「西条先生」と呼びかけた。西条が足を止める。

「あのときの先生の気持ちが、ようやくわかるようになりました。おかげさまで医者になれましたよ……」

「……」

西条が立ち去ったあと、三井が口を開いた。

「患者に近づきすぎるのは確かに考えものだわ。でも、あの子たちのいいところをつぶさないでほしい。救命医を何年も続けて、それでも患者の死に深く心を痛められるドクターは多くない」

三井の顔をまじまじと見つめながら、やがて「変わらないな、君は」と返した橘の言葉には、侮蔑とも諦観ともとれる複雑な響きが含まれていた。

橘は医局に戻った。鞄を手にしながら、ふと、三井のデスクに目をやる。そこには二枚の写真が飾られていた。一枚には、まだ小さな三井の息子が写っている。もう一枚は、それより少し成長した息子の写真だ。二枚が重なっているせいで、最初の写真の左半分は見えない。誰かの手が息子の肩を抱いていることだけが、かろうじてわかる。

橘は、鞄を持ったまま立ち尽くして、二枚の写真をただ黙って見つめていた。


翌日——。

こんこんと眠り続ける弘樹は、最先端の小児の脳低温療法の技術をもち、小児ＩＣＵも備えた医療センターへ転院することになった。藍沢、白石、緋山、そして藤川、四人のフェローのたっての希望が叶えられたのである。

ドクターヘリによる搬送を願い出にきた緋山に、橘は許可を与えた。「可能性がゼロでないなら、それに賭けたい」という彼女に対して、「限りなくゼロに近いがな」と釘を刺すことは忘れなかったが、「気のすむようにやれ」と応じた彼の口調からは、皮肉めいたものは感じられなかった。

弘樹と、それに付き添う緋山を乗せたドクターヘリが、冬の澄みきった青空に向けて飛び立っていく。ローター音を響かせながら、白い機体がみるみる小さくなっていくのを、地上から見守るのは、藍沢だった。

一般的に、心肺蘇生の可能な時間は、心停止から三〇分が限度といわれている。しかし弘樹は心停止後五〇分以上も経過してから心臓マッサージを開始したにもかかわらず、その鼓動を再開させた。確率は1パーセントにも満たない、まさに奇跡的な出来事だった。それが起きる瞬間を、藍沢は自分の目で見た。その場に確かに立ち会ったのだ。

ならば――。

「もう一度、起こるかもしれません」

弘樹の搬送後、母親の雅子に藍沢はそう語った。そして、自分もそれに賭けてみたいと思った。その、奇跡的な確率に……。

救命の世界に奇跡はない。そんなものにすがってはいけない。それが、医者になって最初に覚えたこと、常に変わらぬ自分の矜持《きょうじ》だった。だが二番目に覚えたのは、患者を前にして、奇跡を願わない医者はいない、ということだった……。

ヘリで搬送中だった弘樹のまぶたがうっすらと開いたことを藍沢が知ったのは、弘樹に付き添っていった緋山からの連絡によってだった。むろんまだ事態が好転したとはいえない。まぶたを開いたといっても対光反射※はなく、瞳には何も映っていない以上、そのちっぽけな出来事のみをもって「奇跡」と軽々しく呼ぶわけにはいかない。

けれども――。

藍沢はそれを信じたいと思う。ちっぽけな出来事に賭けたいと思う。なぜならば、人間とは、人事を尽くしたそのあとに、奇跡を願わずにはいられない生き物なのだから。

※ **対光反射**
目に光が当たったとき、瞳孔が収縮する反応。この反応がないことは、死の判定基準のひとつになっている。

2

白石が森本に呼び止められたのは、二人がたまたま医局に居合わせたときだった。

「あのさ、白石。……最近、当直もフライトもちょっと入りすぎだよ」

日頃ひょうきんな森本が、半ば無理やりのように渋面をつくって、白石に苦言を呈した。わずかに視線を泳がせながら、白石はただ「はあ……」と応じる。

「橘先生も来てくれたことだし、ちゃんと休みとってよね。でないと、僕が部長に怒られるから。ね？」

「……はい」

白石のどことなく煮え切らない態度をいぶかりながら、森本は医局を出ていった。残された白石は小さく息をつき、天井を仰いで目を閉じた。

自分は……焦っているのかもしれない。

翔北でのフェロー生活を終えたあと地元に戻ってくることを、両親は望んでいる。だが、その問題にまだはっきり答えを出す気になれない白石は、両親から電話で再三言われても、ちょうど今、森本に対して言ったような、曖昧な返事をするだけで、会話を強引に打ち切ってきた。そしてついに、そんな彼女に業を煮やした父親と、先日、ちょっとした衝突をしてしまった。

「救命医なんか続けてどうする。もう気はすんだろう。早く専門を決めて戻ってきなさい」

父は高名な医大教授だ。救命救急部にいつまでも拘泥《こうでい》する娘の気持ちが理解できないし、また理解しようとさえしていない。それがわかるからこそ、反発したくなるのだ。

白石は平静を装いながら言った。「昔のお父さんは、好きだったわ」と。

「クリスマスも私の誕生日も、忙しくてろくに家に帰ってこなかったけど……、でも、お父さんは患者さんのために走り回ってたわ。なのに、今はどう？　ろくに患者に接することもなく、代わりに学会や講演のために走り回ってる」

電話の向こうから父の狼狽《ろうばい》が伝わってきた。

「な、何を言ってるんだ、お前は……？」

思わぬ言葉を受けて口ごもる父に、白石はとどめを刺すように告げた。

「今のお父さんは……医者じゃない」

「……！」

「私は帰らないわ。ここに残る。救命の仕事は過酷だけど、でも、ここには一緒に頑張れる仲間がいるから」

白石は通話を打ち切った。携帯電話のボタンを押す直前、「何を青くさいことを……」という父の言葉が、遠くから耳に響いてきた気がする。


戻ってこいという父や母の気持ちもわからなくはなかった。だが現在の父は、自分の考える「医者」の姿からはかけ離れている。子供の頃は、医者として最前線で忙しく走り回っていた父を尊敬していた。だからこそ自分も医療の道に進んだのだ。だが父はもう——あの頃の父ではない。少なくとも、医者として尊敬することは難しい。そんな相手に、自分が今、シニアの先輩やフェロー仲間とともに命がけで従事している、この救急救命という仕事を侮辱するようなことは言われたくない。

両親から「帰ってこい」と言われれば言われるほど、白石の心は離れていった。そしてもっともっと見つめてみたいと願った。救命医としての自分自身を——。

そんなとき思い出すのは、自分の不注意によって事故に遭った黒田の腕からあふれ出ていた、生あたたかい血の感触だ。あの事故のあと、黒田は白石にこう言った。

「誰よりも多くヘリに乗れ」

今の白石の思いこそ、まさしくそれだった。フライトだって、当直だって、いくらでも担当したい。睡眠や食事の時間をどれだけ削ろうとも、少しでもたくさんの現場に身を置いていたい。誰よりも多く、長く。

たとえ、それが焦りだったとしても……。


焦り――それを感じているのは、緋山も同じだった。いや、彼女の焦りは、白石のそれよりもはるかに大きかったかもしれない。二カ月に及んだ治療とリハビリの間、緋山は当然、現場から離れざるをえなかった。そのせいで、ほかの三人のフェローに比べて、勤務実績に四〇例もの開きができてしまっている。医者にとって一番大切なものは経験だ。その大切なもので、遅れをとっているのだ。焦らないはずはない。

それに加えて、もうひとつ問題がある。最近、心臓のあたりに感じている違和感、突然襲ってくる息苦しさのことだ。約一年前の事故で心臓に負った傷の後遺症を疑わざるをえない。これまで周囲に気づかれないよう自分なりに気をつけてきたが、どうやら白石には知られてしまったらしいのだ。

いい意味でも悪い意味でもおせっかいな白石は、それ以来、専門医の検査を受けるようにとしつこく言ってくる。自分の許可も得ないまま、翔北の心臓外科で、検査の段取りまでつけてきてしまったのだ。

私にはそんな時間などない——緋山は改めて思った。ただでさえほかのフェローたちと差がついているというのに、検査など受けて、その結果、もしも異常が見つかったりしたら……。これ以上、遅れをとるわけにはいかないではないか。

大部屋の患者に処置を施しながら、ぼんやりとそんなことを考えていた緋山は、藤川が持ち前の軽々しさで口にした噂話によって、現実に引き戻された。

「ホント、びっくりだよなあ。橘先生と三井先生が元夫婦ってさ。いやあ、大人の世界はすごいわ。なあ?」

正直、そんなことはどうでもいい。心の中で舌打ちしながら、緋山は話題を変えた。

「それよりさ、あんた、本当にオペ呼ばれたの、橘先生に……?」

その日、藤川が藍沢とともに、橘の執刀による手術に助手として呼ばれたらしいと聞いていた。

「うん? ああ、呼ばれたよ。これで三回目。へへ……橘の奴、どうも俺のことを買ってるみたいなんだよな。……あ、お前は呼ばれた?」

訊くんじゃなかった——緋山は後悔した。かつては明らかに自分よりも「下」にいたはずの藤川が三回もオペに呼ばれているにもかかわらず……自分はまだ一度も呼ばれていない。藤川の返事は、緋山の焦りと嫉妬《しっと》をますます大きなものにした。

藍沢は、手術で橘の助手を務めたあと、祖母・絹江の病室を訪れた。いつもと同じく微笑みをたたえた顔を向けてくる絹江に向かって、しばしためらったのちに、藍沢は口を開いた。

「……ばあちゃん。山田一郎《やまだいちろう》って、誰だ？」

絹江の顔色が変わった。

「受付でノートを見たんだけど、山田さんって人が最近、何回か見舞いに来てるよね？」

祖母が孫から目をそらした。

「い、いや……知らないけど、そんな人……」

すぐにわかった。

祖母は「知らない」のではない。……「答えたくない」のだ。藍沢がなおも言葉を続けようとしたとき、彼のＰＨＳが鳴った。

藍沢がＨＣＵへ入っていくと、そこでは冴島が一人の患者に付き添っていた。患者の名は田沢悟史《たざわさとし》。ALS[※1]という難病に冒されて全身麻痺となった——冴島の恋人である。

悟史は眠っていた。かたわらのモニターを見ながら藍沢が冴島に声をかけた。

「今日で丸三日か。CO_2がたまってきたな……」

三日前、冴島を訪ねて車椅子でやってきた悟史は、翔北病院の中庭で突然倒れて、そのまま意識を失った。ただちに初療室に運ばれたが、そこで施すことができた処置は、マスクで酸素を送り込むことだけだった。

DNRオーダー——延命のための処置を望まないという意思表示の書類に悟史は署名をしていた。ALSは原因不明の病だ。全身の筋肉が麻痺《まひ》していき、多くの場合は三〜五年で呼吸不全に陥り、そして……死に至る。かつて将来を嘱望された外科医だった彼は、遠からず訪れる不可避の運命を悟って、最後まで自分らしくあるために、自らの命を永らえさせることを拒んだのである。

悟史の主治医は翔北病院ではなくほかの病院にいる。だが、現在の状態ではそちらへ転院させることは難しい。

「このまま、ここにいてもらうしかない」とつぶやいた藍沢の言葉を、冴島が引き継いだ。

「……最後まで、ってことですよね」

「……ああ」

藍沢は、眠り続ける悟史の顔を見つめる。気づくと、冴島もまた、無言のまま恋人を見ていた。その瞳にどんな感情が浮かんでいるのか、藍沢はうかがうことができなかった。


この日の午前中、フェローたちは三名の患者の対応に追われることになった。

一人は小宮山《こみやま》という男性患者。瀰漫性《びまんせい》[※2]の脳損傷のために理性を失っていた。大声を出しながら暴れるのを、数人がかりでようやく押さえつけたのだ。小宮山を落ち着かせようとした藤川は、顔面を殴られ、眼鏡も床に落ちて壊れてしまった。

※1 ALS
Amyotrophic Lateral Sclerosis の略。筋萎縮性側索《そくさく》硬化症。運動神経細胞が徐々に壊れて、筋力低下や筋肉の萎縮などを起こす、進行性の病気。

※2 瀰漫性
炎症や腫瘍などの病変が、組織や器官の全体（または全身）に広がっていること。

緋山が対応したのは、大森奈津《おおもりなつ》という五〇代の女性だ。両まぶたを大きく腫《は》らした彼女を見て、緋山は最初、殴られたのかと思った。しかし、そうではなかった。腫れの原因は「プチ整形」で、しわ取りのための注射を受けたことだったのである。

顔面リフトアップ、脂肪吸引……若返りのための整形を繰り返してきた奈津は、いわゆるアンチエイジング・マニアだった。今回はタイの整形外科で、しわ取りのためボツリヌストキシン※の注射を受けて、その結果、感染症を引き起こしてしまったのだ。だるさを訴え、診察中に倒れてしまった奈津を病室に寝かせて、緋山は三井にその旨を報告した。

「場所によっては不潔な病院もあるからね……。旦那さん、いるんでしょう?」

三井の問いかけに、病室の外へ目をやりながら緋山が「ええ」と答えた。そこでは奈津の夫・俊夫が、ナースから説明を受けている。自分も話をしようと三井が出ていくと、奈津の処置をしていた橘が近づいてきて、緋山の手元にある奈津のカルテをのぞき込んだ。

「ふうん……52歳ねえ」

「むしろ、その歳でしわがないほうが怖いですよ」

あきれたような声で応じた緋山の顔を見ながら、橘がにやりと笑う。

「ま、そりゃあ若いほうがいいけどね、男としては」

橘の顔が、さらに緋山のほうへ近づいてきた。

「今度、当直いつだい？　そのうちゆっくり話がしたいな」

「どういう神経してるんですか。そこに三井先生がいるんですよ」

橘を押し返す緋山。だが橘は意に介さない。

「もう今は他人だよ。それに図太いんでね、俺は。……君と一緒だ」

緋山の反応を待つことなく、カルテを書き始めた橘が、不意に真面目な口調でつぶやいた。

「怖いんだよ、本当の自分を受け入れるのが。……ま、無理して受け入れなくてもいいんだけどな」

その視線は、ベッドに横たわっている奈津に向けられていた。

※ **ボツリヌストキシン**
ボツリヌス菌によってつくられる、たんぱく質の一種。ボツリヌス毒素とも呼ばれる。非常に毒性が強いが、加熱処理などにより無毒化が可能。筋肉の緊張をゆるめる作用があり、しわ取りや顔面痙攣《けいれん》の治療などに使われる。

白石と藍沢は森本とともに、北山治《きたやまおさむ》という初老の男性の治療をした。頭部に傷があり、流血している。その原因は――妻の弓子《ゆみこ》が投げつけた灰皿だった。

治は頭部を三針ほど縫った。骨に異常は見られないようだったが、意識状態がよくなかったので、ＣＴ検査とＭＲＩ※検査も行われることになった。

それにしても夫に向かって灰皿を投げつけるとは尋常ではない。夫婦喧嘩《げんか》とはいえ、これはれっきとした傷害事件である。白石は藍沢とともに、カンファレンス室で弓子から事情を聞いた。いさかいの原因を問う白石に、弓子は反省こそしつつも、夫への不満をぶちまける。

「ひどいのよ、あの人。人のことをまるで家政婦扱い。特にね、去年リストラされてから拍車がかかっちゃって……。あ、ここって、家庭内暴力とかも相談に乗ってもらえるの？」

その言葉に驚いた白石が「あるんですか、ＤＶ⁉」と訊くと、弓子はあっさりと答えた。「いや、それはないけど」

拍子抜けする白石。

その横から藍沢が口をはさんだ。

「この先生なら、相談に乗ってくれると思いますよ」

当惑しながら振り向いた白石に、藍沢がそっと耳打ちした。

「ほら、心の傷はお前の得意分野だろ。じゃあ、あとはよろしく」

そう言い残すと、白石と弓子を残して、藍沢はさっさと外へ出ていった。

藍沢が訪れたのは、悟史のいるHCUだった。つい先程、悟史は長い眠りから目覚めていた。藍沢に話しかける。

「確か……フェロー三年目だったよね?」

「ええ」

悟史は問わず語りに、自分が今の藍沢の年齢だった頃の思い出を話し始めた。同期生のうちで最初に執刀したこと、それが自慢だったこと、トレーニングのためにルーペをつけたままで食事をしたこと……。

藍沢も興味深く耳を傾けていたが、ふとカルテの一部に目をとめた。それを察して、悟史が言う。

「そう……。俺が発病したのも……今の君の年齢だよ」

※ MRI
Magnetic Resonance Imaging の略。磁気共鳴画像診断法。磁場と電波を利用して、身体内部の画像を得る方法(または、そのための装置)。

異常に気づいたのはオペの最中だったという。手にした針を血管にうまく入れることができなかった悟史は、神経内科で筋電図検査[※1]を受け、そして……ＡＬＳと診断されたのである。筋電図に現れた異常な波形。生まれて初めて目にするＡＬＳの実例。それが自分のものだとは……。

「笑っちゃうよね」とつぶやく悟史。だが、その表情は穏やかだった。理不尽な運命への恨みつらみも、焦りすらも、そこにはないように感じられた。思わず悟史に訊く藍沢。

「……どうして、そんなふうに普通でいられるんですか」

悟史は「普通？　普通に見えるかい、俺？」と逆に藍沢に訊いた。藍沢がうなずくと、嬉しそうに微笑んで、悟史は「よかった」と口にした。その真意が読めない藍沢に、悟史がゆっくりと語りかける。

「やれることが毎日減っていく。でも、愚痴ってる暇に死んじゃうんだよ。……だったら、こんな体だけど、こんな体でできるベストを尽くしたい」

語調に反して、それは力強い言葉だった。運命を受け入れ、それでも前へ進もうと決意した者だけが醸し出す凄みが、そこにはあった。

「でも……それができる人は、少ない」と、藍沢が言う。「そうだな」とうなずく悟史。

「確かに、自分のためなら難しい。でも……誰かのためなら、できるだろ？」

藍沢にはもはや言葉が見つからなかった。ただ黙って悟史の顔を見つめるしかない。迷いも逡巡もない、一人の人間の顔を。

悟史も黙って、藍沢の顔を見つめ返した。

ガラス越しに、そんな二人を冴島が見ていた。無言のまま向き合う二人を、同じく一言も発さないまま見つめ続けるその瞳には、固い決意の光が灯っているようだった。

ＭＲＩ検査の結果、北山治の脳に腫瘍《しゅよう》が発見された。場所は左の側頭葉《そくとうよう》※2の、かなり深い部分である。しかも患部は記憶中枢のすぐそばだ。リスクの高いオペになる。たとえ腫瘍を切除できても、言語機能や記憶を失ってしまう可能性があるのだ。かといって放射線治療では、確かな効果を見込むことは難しい。腫瘍が根治されず、そのまま残ってしまうかもしれない。そうなれば……命に関わる。

※1　筋電図検査
筋肉の活動によって起こる電気的な変化を記録したグラフ（筋電図）を使って、筋肉や運動神経の異常を調べる検査。

※2　側頭葉
大脳の左右側面の部分。言語理解、記憶、感情などの制御や、聴覚、嗅覚などの情報の処理に関わる。

説明を受けた北山夫妻、特に妻の弓子は大きなショックを受けた。当事者である夫・治のほうが、むしろ弓子より冷静に事態を受け止めた。

そして、苦渋の選択の結果……夫婦はオペに同意したのだ。


その日、藤川が担当していた小宮山も頭部の緊急オペを受けた。藤川が、小宮山の鼻血をガーゼで拭いたとき、ガーゼに染みた血が二重の輪になったことに気づいたのである。頭蓋底骨折[※1]の証である、ダブルリング[※2]と呼ばれる現象だった。暴れた際に、頭を打って骨折したのだろう。一刻を争う事態だ。すぐに小宮山は手術室へ移され、西条の執刀によるオペが行われた。


アンチエイジング・マニアの大森奈津を担当する緋山は、彼女への対応に少しばかり疲れていた。緋山の顔をじっと眺めながら、奈津は言うのだ。「いいわねえ、若いって」と。

「誰だって年をとります。それを受け入れることも大切なんじゃないですか」

そう反問する緋山に、奈津はかぶりを振って応じた。

「ありのままなんて、そんな恐ろしいものないわよ」

いぶかしげな顔を見せた緋山に、奈津は自分の右腕を上げて示すと「見てよ、このシミ」と言った。一週間前にはなかったものだという。

「わかる？　これが年をとるっていうことなの」

「……でも、旦那さんは気にしないと思いますよ」

「わかるわよ、あなたにも……そのうち」

奈津はそう言うと、わびしげに小さく笑った。

「あんたたちが手術だなんだって忙しくしてるときに……なんで、私はアンチエイジング・マニアの尻ぬぐいなのよ……」

カフェで居合わせた藍沢、白石、藤川の前で思わず愚痴をこぼす緋山。これではますます同期からおくれてしまう……そんな焦りからくる言葉だ。と、そこへ橘が通りかかった。

※1　頭蓋底
頭蓋骨の底面にあたる部分。脳を下から支えている。

※2　ダブルリング
頭蓋底骨折時、鼻や耳から出た血を、ガーゼなどに染み込ませると、内側が血液、外側が薄い血液（脳脊髄液）の二重の同心円状になる現象。頭蓋底骨折によって、頭蓋骨内から脳脊髄液が漏れ出し、血液と混ざったために起こる。

「あ、先生、小宮山さんは？」

立ち上がった藤川が、オペの結果を尋ねた。

「ああ、無事に終わってＩＣＵに入った」

ほっとしてテーブルについた藤川を、「よく気づいたな」と橘がねぎらった。

「あ、はあ。僕もダブルリングを見たのは初めてです」

橘が次に口にした言葉に、藤川は耳を疑った。

「いい医者だな、君は。自分のやれることを着実にこなしていく……。患者との関わり方もうまい。ほかのみんなも藤川を見習え」

そう言って去っていく橘を、呆然と見送る藤川。

「……あんなふうに褒められたの……ここに来てから、初めてだ……」

その目は焦点が合っていない。半ば放心状態の彼の横顔をちらりと一瞥《いちべつ》した緋山の表情は、どこか憮然として見えた。

翌日――。
北山治の脳腫瘍切除手術が始まろうとしていた。ストレッチャーに乗せられて、藍沢や白石らの手で運ばれていく治。その横に、妻の弓子が寄り添っている。夫の手を握り、不安げな顔を隠そうともしない。その手を強く握り返す夫。目と目、手と手で交わされる夫婦ふたりの会話……。

手術室へと続く扉の前で、白石が弓子に告げた。

「ここから先は入れませんので……」

名残り惜しそうに離れていく手と手。夫を乗せたストレッチャーが扉の向こうに消えたあとも、妻はそのままそこに立ち尽くしていた。

運ばれていきながら、治が白石に「先生」と声をかけた。彼の顔に耳を近づける白石。

「万一のことがあったら、そのときは女房に伝えてほしいんですが……」

「……はい」

「口下手だから、これまで言えなかったけど……俺の人生にはお前しかいない。たとえ生まれ変わっても、お前とまた一緒になりたい。……そう、あいつに――」

照れたように、それでもきっぱりとした口ぶりで、もしかしたらそれが最後になるかもしれない妻への言葉を、治は白石に伝えた……。

その頃、ドクターヘリは山中の工事現場に急行していた。作業員が二名、鉄材の下敷きになったとの報告が入ったのだ。ヘリに乗ったのは橘と藤川、それに冴島だった。

現場はかなりの山奥で、救急車では間に合わない。ヘリで運ぶにしても、病院まで往復四〇分はかかる。しかも重傷者が二名もいるのだ。残された選択肢は——現場で処置を施すことだった。

駆けつけた三人がまず目にしたのは、地面に倒れている、山田《やまだ》という作業員だった。顔、胸、脚……おびただしい血が全身を真っ赤に染め上げている。少し離れた場所には、もう一人の負傷者が力なく座り込んでいた。橘の指示で、藤川はそちらの患者、井上《いのうえ》という作業員のもとへ駆け寄っていった。

前日、「アンチエイジング・マニアの尻ぬぐい」とぼやいていた緋山だったが、もうそんな悠長なことを言う暇はなかった。大森奈津の容態が急変したのである。全身に紫《し》斑《はん》が現れ、発熱をともなって苦しんでいる。彼女が緋山に見せた右腕のシミは加齢によるものではなかった。※1壊死性筋膜炎《えしせいきんまくえん》——彼女の腕の筋肉組織が死んでいこうとする、まさにその兆候だったのだ。

壊死の進行はおそろしく速かった。昨日まではちっぽけだったシミが、今では腕全体を覆い尽くしている。夫から話を聞いて、原因が判明した。奈津の右腕を食い殺し、そのまま彼女自身をも乗っ取ろうとしている悪魔の正体は、※2ビブリオ・バルニフィカス——いわゆる人食いバクテリアだ。帰国前に立ち寄ったタイのレストランで、魚料理を食べた際に感染したものと思われた。

すぐさま手術室に運ばれた奈津は、森本と三井、そして緋山によって右腕の切断手術を受けた。しかし……奈津が目を開けることは、もう二度となかった。ビブリオ・バルニフィカス感染症による壊死性筋膜炎の場合、助かる確率はそもそも一割にも満たないのだ。懸命の処置の甲斐もなく、奈津は帰らぬ人となった。

「悲しいわね。……一緒に年を重ねてくれる人がいたのに」

三井の漏らした言葉を、緋山は苦い思いのまま聞いていた。「アンチエイジング・マニア」と若干のさげすみの感情をこめて口にしていた自分が……悔やまれた。

※1 **壊死性筋膜炎**
筋肉を包んでいる膜（筋膜）を中心に、広い範囲で細胞や組織の壊死が進行する、重症の細菌感染症。発熱や全身の倦怠感などの症状を伴う場合が多く、処置が遅れると、ショック症状や多臓器不全で死亡する確率が高くなる。

※2 **ビブリオ・バルニフィカス**
海水中に生息する細菌の一種。肝機能や免疫力が低下している人が、この菌に汚染された魚介類を生で食べると、重篤な感染症を起こすことがある。発症した場合の致命率は非常に高い。

山中の事故現場では、藤川が作業員・井上の治療に苦戦していた。もう一人に比べて軽症かと思われた井上だったが、治療を始めてすぐに容態が急変したのである。彼の胸部には大量の血がたまっていた。※1ドレナージしても出血は止まる様子をまったく見せない。

橘にフォローを頼みたくても、彼ももう一人の患者から手が離せない。橘の下した決断は、翔北にいる藍沢に、藤川への指示を出させることだった。

冴島がＰＨＳを藤川の耳に当てた。藤川の手は少し震えている。その震えは藤川の声にも伝播《でんぱ》して、翔北でヘッドマイクをつけている藍沢にも感じとれた。

「肺に損傷があるんだ！　おまけに大量※2血胸《けっきょう》まで……どうすりゃいいんだ！」

恐慌をきたしかけている様子の藤川に、冷静な口調で語りかける藍沢。

「よく聞け。高速道路、鉄道事故……俺たちはひどい現場をいっぱい見てきた。そして、そのすべてを乗り越えてきた。ほかの科の同期に比べると症例数だってはるかに多い。だから……お前ならできる」

「………」

沈黙。だが、その静けさの中に落ち着きが蘇ってきたのを藍沢は感じとった。

「な？　どんな状況になろうと、こっちから電話を切ることは絶対にない」

唇を固く結び、藍沢の言葉にうなずいた藤川の顔には、医師として、救命医としての覚悟が見てとれた。藤川の右手が冴島の前に差し出される。

「メス……」

藍沢の的確な指示と力強い励ましを受けながら、藤川は緊急オペを続けた。手順にはなんら問題はなかった。藍沢の指示が誤っていたわけでも、藤川の技量がそれに応えられなかったわけでもない。むろん一度決めた藤川の覚悟が揺らいだのでもない。

それでも——井上の胸部から血は流れ続けた。どくどくと、止まることなく……。血圧は急激に低下し、モニターの数値はやがて動かなくなった。藤川の渾身の心臓マッサージも効果を上げることはなく——井上は、死んだ。

※1　ドレナージ
体内にたまった余分な液体を体外に排出すること。ここでは胸にドレーン（チューブ）の先端を入れて、たまった血液を抜くことを指している。

※2　血胸
胸腔《きょうくう》内に血液がたまった状態。

その日の夕方――。

誰もいない初療室にひとりたたずんで、ホワイトボードを見つめ続ける藤川の姿があった。ボードには出動したドクターヘリの活動報告が記されている。

「山田郡司《ぐんじ》（34歳）左大腿部動脈損傷→オペ→HCU」

「井上正俊《まさとし》（24歳）重症胸部外傷→死亡」

入ってきた橘が、藤川の背後から近づき、声をかけた。

「あの場面ではあれがベストだよ。大血管損傷までは処置のしようがない」

振り返らぬまま聞いていた藤川が、橘に尋ねた。

「もしも……もしも藍沢があの現場にいたとしたら、患者を救えたんでしょうか？」

少しの間を置いてから、橘が答えた。

「もしかしたらな。あいつは、胸部外傷のオペもよく入っているからな。……だが、それだけのことだ。お前には奴よりも優れた点がたくさんある。気にするな」

藤川は振り向いて、さらに訊く。

「どこですか？　……俺の優れた点って……どこなんです？」

橘の答えは一言だけだった。

「お前は、自分をよく知っている」

「……」

北山治のオペを終えた白石は、落胆を隠せないままでいた。手術は無事に成功し、腫瘍は完全に切除できた。できたのだが……、術後の治は、自分が今いる場所も、どんな立場に置かれているのかも、覚えていなかったのだ。そして……妻の弓子のことも……。


翌日――。

ナースステーションには北山弓子の姿があった。居合わせた白石と冴島に丁寧に挨拶をする弓子。昨夜はショックと悲しさで寝つけなかったのだろう、目は赤く充血し、顔には疲れが色濃くにじみ出ていた。

治の様子を尋ねた白石に、かぶりを振って応じる弓子。

「私のこと、わからないみたい。昨日なんて、あの人、なんて言ったと思う？　親切にしていただいてありがとうございます、だって……」

弓子の浮かべた笑みには力がなかった。白石が、オペの直前に治から頼まれた伝言を伝えようと口を開きかけたとき、ナースの押す車椅子に乗った治が通りかかった。弓子を見つめる治。それに気づく白石と弓子。車椅子が彼女たちのところで止まった。弓子の顔を見上げながら、治がおずおずとした様子で口を開いた。

「あ、あの……。昨日お会いしたばかりですが……」

それに続いて治の口からこぼれてきた言葉に、弓子は自分の耳を疑った。

「僕と……一緒になってくれませんか?」

夫の膝で泣き崩れる弓子を、白石と冴島が見つめる。二人の目にも光るものがあった。

その様子を、ナースステーションの奥から、藍沢、三井、そして橘が黙って見守っていた。


藍沢が絹江の病室へ駆け込んだとき、ベッドに横たわった祖母はうなされながら眠っていた。

「トイレに行くときに捻挫したらしくてね、痛みがひどいようなので、今、鎮静剤を打っています。ちょっとうわごとを言っていますが、すぐに落ち着きますから」

そう言い残して主治医が出ていくと、あとは藍沢と絹江の二人だけになった。

「……」

少しほっとして、絹江のそばへ近づいていく藍沢。と、苦しげな息遣いの中で絹江がある名前を呼んだ。

「夏美《なつみ》……夏美……」

記憶の奥深くに眠っていた懐かしい名前だった。藍沢は小さく苦笑いをした。ベッドの横に腰をおろし、祖母の手をとる。

「……母さんは、とっくに死んでるよ。俺は耕作だよ、ばあちゃん。……ゆっくり休んでよ」

絹江の肩に布団をかけ直して、藍沢が部屋を出ていこうとした、そのとき――。

「殺した……」と、祖母が言った。その不穏な言葉にぎくりとする藍沢。

「……え？」

「お前が……お前が、夏美を殺したんだ……」

そのうわごとが、いったい誰に向けて発せられた言葉なのか、藍沢にわかるはずもない。

――殺した？　俺の、おふくろを？　いったい誰が、なぜ、いつ……!?

絹江の顔を見つめて立ち尽くす藍沢の耳に、祖母の荒い息のほかにもうひとつ、耳障りな音が聞こえていた。

早鐘のように激しく打ち鳴らされる、自分の胸の鼓動だった。

3

ひとけのない長い廊下を、緋山はひとり歩いていた。手にした翔北病院の大きい封筒の中には、X線写真が入っている。緋山の心臓部を撮影したものだ。

白石が段取りをつけた心臓の検査を、緋山は先日すっぽかして、それを見とがめた白石と口論した。白石は激しい口調でなじった。「威勢のいいこと言ってるくせに、自分のことになると子供のように震えてる臆病者。それが本当のあなた！」と。

当然、緋山も言い返す。「患者のことを思ってるふりして、本当は自分の意のままにならないことは我慢できない、傲慢な医者の典型！　それが本当のあんたよ！」

捨て台詞を残して立ち去っていく緋山の背後で、白石の声がした。

「……私は私の道を行く。誰になんと言われようと」

その後、緋山は結局、心臓の検査を受けた。別に白石に対して罪悪感を覚えたからではない。あのときのやりとりを思い出せば、今でも腹が立つ。では、どうしてか……その理由を突き詰めて考えるには、彼女の日常は忙しすぎたし、心にも余裕がなかった。肺静脈と左心房とがつながっているところに異常な伝導路※1がある――それが診断結果だった。「カテーテル※2で焼き切ってしまうのがいいでしょう」と担当医の神岡《かみおか》は言って、オペの同意書を緋山に渡した。オペにかかる時間は二時間ほど。術後の回復率は65パーセント程度だという。悪くはない数字だ。けれども……。

緋山はまだ決断できないでいた。オペを受けるかどうかを。

「嘘だったわ」

※1 伝導路
心臓の筋肉を収縮させる電気刺激の流れる経路。

※2 カテーテル
病気の検査や治療の際に用いられる、細くやわらかい管。ここでは、異常な伝導路を焼き切るため、先端に電極をつけて心臓に挿入することが想定されている。

白石が、藍沢に小声で言った。外来処置室のドアの向こう側には、ひとりの若者が所在なげに座っている。若者は帯状疱疹《たいじょうほうしん》※1による痛みを訴え、ペンタゾシン※2の静脈注射を希望してきたのだが、以前通っていた病院に問い合わせたところ、彼が帯状疱疹にかかっていたのは半年も前のことと判明したのだ。

ため息をつく白石に、藍沢がそっけなく応じる。

「決まった病院に通わずに、自分で薬剤を指定……典型的な薬物依存だ。さっさと追い払え」

「そうね……」と応じながらもどこか煮え切らない態度の白石に、藍沢がさらに言う。

「人は、嘘をつくんだ。……患者も例外じゃない」

白石がうなずいたとき、ホットラインが鳴り響いた。

事故現場は駅だった。電車が運転中止になった関係で、乗り換えようとした客が階段に殺到、将棋倒しになって一〇名以上の負傷者が発生したのだ。そのうち三人は現場から動かせない状態だという。橘は、この日のヘリ担当である自分と白石だけでは手が足りないと考え、藍沢にも同行を命じ、さらにほかの医師も可能な限り現場に呼ぶよう指示した。

救急隊員に導かれて三人の負傷者がいる場所に着いた藍沢は、その状況を見て愕然とした。階段の途中で折り重なるようにして倒れている彼らの体は、スキー板で串刺しになっていたのだ。前を歩いていた客がむき出しで抱えていたスキー板が、将棋倒しになった際に突き刺さったらしい。

負傷者の名は松井透《まついとおる》、木沢広之《きざわひろゆき》、森田恵理《もりたえり》。三人とも大学生だという。松井は骨盤を、木沢は大腿を貫かれている。二人の下になった恵理はよく確認できない。

藍沢の顔を見て、最も意識がはっきりしていた松井が、安堵の声を上げた。

「助かったあ。おい、医者だよ、よかったなあ、広之、恵理……」

呼ばれた二人は、松井の呼びかけに力なく返事した。

簡単に処置できそうもない状況だ。藍沢は、まず恵理の傷の状態を調べるため、その場に這いつくばった。

※1 **帯状疱疹**
痛みを伴う赤い発疹や水ぶくれが、皮膚に帯状に現れる病気。

※2 **ペンタゾシン**
鎮痛薬の一種。高い鎮痛効果をもつが、投与された患者が多幸感をおぼえて依存症になる場合がある。

橘と、そしてあとから駆けつけた三井も、藍沢とともに処置にあたった。転倒したときに頭を強く打ったという木沢のために、脳外科の西条も緊急出動してきている。松井たちに刺さったスキー板の角度や、彼らの体を支えている階段の段差などを確認していた橘に、やはりあとから到着した緋山が指示を仰ぎにきた。

「搬送はどうしますか？」

「※赤タッグの患者からタッチアンドゴーでいけ。順番はお前に任せる」

「はい」と応じて、すぐに緋山は走り去っていく。

スキー板はどうやら一番下の恵理までは貫通していないようだ。しかし、彼女の体は串刺しにされた上の二人を支える形となっており、容易には動かせない。階段の段差のおかげで、二人の全体重がかかっているわけではないが、それでも苦痛は大きいはずだ。

木沢の頭部を調べようと、西条が身を乗り出した。救命のものとは異なる西条のユニフォームを見て、松井が「あ、ひとりだけ服が違う」と言った。

「この先生は脳外科医なんだよ」と、処置の手を休めないまま橘が応じる。「脳外科だけは、救命でも手を出せないんだ。だから特別に来てもらったのさ。君たちはまだ動かせないからね」

「へえ。……脳外科ってそれだけ難しいってことか」

怪我人とは思えない能天気な感想をもらした松井に、「そういうことです」と話を合わせながら、西条はてきぱきと木沢の診察を進めていく。モニターを見ていた藍沢が西条に報告する。「血圧は上が150。倒れた直後は意識がなかったそうです」

西条の顔色が曇った。その場の空気が一段と張りつめる。

と、その緊迫した状況に似つかわしくない、気の抜けた声がした。

「あのう……ごめん、とりあえず、早くここから降ろしてほしいんだけど」

体を動かそうとした松井を、三井があわてて制止した。「動かないで！」

「君は骨盤にスキー板が刺さってる」と、橘がそれを引き継ぐ。「その板が大きな血管の傷をふさいでいるが、今、少しでも動いたら……大出血だ」

重傷だと聞かされても、どうも実感がわかないらしい松井に、藍沢が説明する。

※ **赤タッグ**
トリアージタッグ（トリアージのために傷病者につける認識票）の先端の色が赤のもの。重篤だが迅速に治療すれば救命可能な患者であることを表す。（タッグ先端の色には、ほかに黄・緑・黒があり、黄は「すぐに処置しなければ命に関わるというほどではないが、搬送して治療する必要のある患者」を、緑は「救急搬送する必要のない軽症患者」を、黒は「救命不可能な、または死亡した患者」を、それぞれ表す。）

「あまり痛みを感じないのはアドレナリン[※1]が出ているからだ。それに麻酔も打っている」

「あ、そうなんだ」とつぶやく松井からは、まだどこかのんきな様子が伝わってきた。それからも話をやめない松井によると、三人は同じ大学のサークル仲間らしい。講義が休講になったので、連れだって出かけようとして、この事故に巻き込まれたのだ。客の波が崩れ落ちてきたとき、松井はとっさに恵理をかばおうとしたという。

「俺ら、つきあい始めたばっかりなんですよ。それなのに、こんな目に遭うなんてついてないよ。……な？」

　同意を求めるように恵理に話しかける松井。一瞬、恵理の顔が歪んだ。それはただ苦痛のためだけではないように見えた。

　緋山は、沙希《さき》という18歳の女性のエコー[※2]を行っていた。首に頸椎《けいつい》カラー[※3]をつけられた沙希は、不安そうな表情を隠さずに緋山を見つめる。

「……骨盤腔《こつばんくう》[※4]に液体貯留があるな。でも、とりあえず循環は落ち着いているわ」

「よかったあ。私、生まれてからずうっと怪我らしい怪我をしたことなかったから、もう怖くて怖くて……。ね、これ取ってくれる？」

頸椎カラーを外そうとした沙希を、緋山が止める。

「だめよ。これから病院に行って詳しく検査をするから」

「え？　やだ、病院行くの？」

とたんに口をとがらせた沙希に「当然でしょ」と答えると、緋山はその場から離れて、白石のほうへ行った。

※1　**アドレナリン**
副腎髄質から分泌されるホルモンの一種。交感神経を刺激して、体を興奮状態にし、痛覚を麻痺させる作用がある。

※2　**エコー**
「エコー検査」の略。超音波を体に当て、返ってきた反射波（エコー）の情報を処理して画像化することで、体内の状況をみる検査。超音波検査ともいう。

※3　**頸椎カラー**
損傷した（またはその疑いのある）頸椎を固定するために首につける装具。

※4　**骨盤腔**
骨盤に囲まれた部分。直腸、膀胱、生殖器などが収まっている。

白石は冴島とともに、上条敏明《かみじょうとしあき》という青年の処置をしていた。呼吸音が低下している。気胸と判断した白石は、胸腔ドレナージを施すことにした。不安げに見守っている敏明の両親、洋三《ようぞう》と久枝《ひさえ》に説明をする。

「敏明さんの胸にチューブを入れて、たまった空気を一刻も早く抜いてあげないと、心臓が止まってしまいます」

医療関係者でもない一般の人間が、突然そんなことを言われて、平静でいられるはずもない。

「胸に、チューブですって？　で、でも、敏明は胸に怪我なんかしてませんよ！」

「すみません、詳しく説明してる暇がないんです。もたもたしてると危険です」

食い下がろうとした久枝を、駆けつけた緋山が「落ち着いてください」と押しとどめた。

「ほんと、こうと決めたら周りが見えなくなる人間なので……」と言った緋山の視線の先には、白石の横顔があった。医師としての覚悟と信念を湛えた顔だった。

緋山は自分の軽口を恥じた。

三人の大学生が横たわる現場は、先ほどよりも切迫した雰囲気に支配されていた。彼らの顔には酸素マスクがはめられ、かたわらに這いつくばった藍沢が恵理の静脈路を確保している。少し離れた場所から、橘、三井、それに西条の小さな声が聞こえてくる。

「血圧が少し上がってきている。……木沢さん、やはり頭をやってる可能性が高い」

眉間に深いしわを刻み、苦い顔で絞り出すように言う西条。このままでは木沢はもたない。早く設備の整った病院に運んで処置しないと、命が危ない。

「でも、スキー板を切断するカッターを入れる隙間がないですね。上の人を持ち上げないと……」

橘がそう応じたとき、酸素マスクごしに松井が声をかけた。

「ちょっと、そこで内緒話はやめてくんない？　怖いんですけど」

「すまない」と謝った橘に、三井が問いかける。

「松井さんのSpO_2※は？」

「98だ。さっき言ったろう」と、橘が間髪をいれずに答える。その短いやりとりを聞い

※ **SpO_2**
percutaneous oxygen saturation または oxygen saturation by pulse oximetry の略。経皮的（動脈血）酸素飽和度。指先にパルスオキシメータという計測器をつけて測った、血液中のヘモグロビンと酸素の結合の割合を示す値。酸素が体に行き届いているかをみる際の指標となる。正常値は98（95とされることもある）～１００パーセント。

ていた松井が、怪我人とは思えないほど軽々しい調子で訊いた。

「もしかして……お二人、できてるの？」

どきりとして言葉を失う橘と三井。構わずに松井が続ける。「いや、なんとなく、さっきから見てて、息が合ってるっていうかさ……」

「松ちゃんってば……」と恵理がたしなめても、松井は動じない。

「いいじゃん。こっちは、こんな状況だよ。なんかしゃべってないとやってられないよ」

苦笑しながら、橘が「元・夫婦だよ」と答えた。続けて三井も「離婚したの」とつけ加えると、松井はさすがに口ごもった。それでも、バツの悪さをごまかすように、話題を微妙にずらしてさらにしゃべる。

「いや、ホントはさ、この子もね、ほかの男にね、言い寄られてたらしいんですよ。で、やばいと思って俺も頑張ったっちゅうか……それでめでたく」

最後は勝手に照れていた。余計なことばかり話し続ける松井に、恵理が非難めいた視線を送る。そのとき藍沢は、いつの間にか木沢が目を閉じているのに気づいた。

「木沢さん？　わかりますか？」

急いで問いかける藍沢。駆け寄る西条。それに気づかないのか、松井の軽口は続いた。

「ね、先生はそういうライバルとかいなかったの？　この女の先生を好きな別の先生がいたとかさ」

木沢のかたわらにかがみ込んでいた西条が、さすがに焦《じ》れたように松井をとがめる。

「ちょっと、静かにしてくれるか？」

「え？　……はは、まさかさ、この先生だったりしてね」

橘と三井の体が、ぴくりと動いたように見えた。どちらからともなく二人の目が合い、そして……すぐに離れた。なんともいえない気まずい空気に、さしもの松井も口を閉じた。

「……まずい。左半身の動きが悪くなってきてる。やはり、頭の中で出血があるな」

西条の言葉が、気まずい雰囲気を押し流した。

白石は、敏明への処置を終えようとしていた。彼女をフォローしていた緋山は、白石の横顔を改めて見つめた。作業が一段落した今も、白石の顔に浮かぶ覚悟と信念に変わりはないように感じられた。

すっと視線をそらした緋山の目に、久枝の姿が映った。思わぬ事故に見舞われ、そのうえ息子の胸がその場で切開されるという事態に、まだ動揺を抑えられないでいるようだ。緋山は歩み寄って声をかけた。

「お母さん、これで病院までヘリで運べますから」

「大丈夫なの⁉　だって、切ったんでしょう⁉　怖いわ、早く病院へ連れていってちょうだいな。こんなところで手術するなんて……」と、言葉をいったん切った久枝は、白石をにらみつけた。「……いったい、どういうお医者さんなのよ」

洋三と緋山が久枝をなだめようとしたとき、操縦士の梶から緋山に呼び出しがかかった。彼女が診察した女性患者、沙希が「ヘリは怖いから乗りたくない、救急車で行く」とごねているらしい。しかたがない。担当した以上は自分にも責任がある。緋山は沙希を説得するために、ヘリに同乗して病院へ戻ることになった。


ドレナージが終わり、敏明を病院へ搬送しようとしたとき、出血の量が多すぎることに白石が気づいた。このままヘリに乗せるわけにはいかない。取り乱す久枝の声を耳で受け止めながら、白石が敏明の開胸の準備をしていたとき、心音モニターが不穏な音をたて始めた。心停止だ――。

食ってかかろうとした久枝が、白石の意を受けた消防士に制止される。大量の出血は肺からのものだった。白石は鉗子《かんし》※1で敏明の大動脈を遮断し、開胸部に手を突っ込み、心臓マッサージを始めた。敏明の瞳孔に対光反射を確認した冴島が、彼の手を握りながら懸命に声をかける。「上条さん！　わかりますか？　上条さん！」

握られた敏明の手が、かすかな、ほんのかすかな力で冴島の手を握り返した。意識はある！

心臓マッサージを続ける白石。しかし、敏明の心拍が上がってくる気配はない。29歳という若さのわりに心筋が薄すぎるのも気になった。

冴島が彼の両親から話を聞いたところ、敏明には数年前、定期健診の心電図検査で異常が発見されたことがあったという。……拡張型心筋症[※2]だ。これまでは大きな問題のなかった持病でも、このような大怪我を負ったときには致命的なことがある。今回がまさ

※1 **鉗子**
持ち手の部分がはさみのような形をした、金属製の医療器具。手術や治療のとき、器官や組織などをはさんで、牽引したり圧迫したりするのに用いられる。ここでは止血のために使われている。

※2 **拡張型心筋症**
心臓の筋肉（心筋）が伸びて薄くなってしまったために、心臓のポンプ機能が低下して、体に必要な量の血液を送り出すことができなくなる病気。

しくそれだったのだ。

冴島がもう一度、敏明の手を握った。わずかな力ではあっても、確かに握り返してくるのがわかる。だが、それは、今まさに尽きようとしている生命が最後の反応をしているだけなのだ……。

白石が覚悟を決めた。

「冴島さん……ご両親を呼んできて」


脳にダメージを負った木沢の緊急オペが行われていた。木沢の髪の毛を剃り、頭部にドリルで穴を開けて、そこから血液を吸引する。脳にかかっている圧力を下げるためである。そうしなければ木沢はすぐに……死ぬ。

恵理にもまた予断を許さない状況が迫りつつあった。松井と木沢の下敷きになっているため、彼女の脚は長時間にわたって圧挫《※あつざ》されている。これ以上この状態が続いたら危険だ。

ゴリゴリという嫌な音がする。頭蓋骨に穴を開ける音など、日常生活の中で聞いた経験などあるはずもない。恵理の悲痛な声が響いた。「木沢くん!」

「脳にかかる圧力を下げるために必要な処置なんです。心配だとは思いますが……」

恵理をなだめる藍沢に合わせるように、松井も彼女に声をかけた。

「えりりん、落ち着こうよ。先生たちに任せておけば大丈夫だよ」

だが恵理の耳には入らない。さらに大きな、不安にかられた声で、泣きじゃくりながら呼びかける。「木沢く——ひ、ひろっ！」

「……え？　ひろ、って……？」

松井が絶句したそのとき、ドリルの音がやんだ。木沢の頭蓋内の血液が吸引され、切開部が縫合される。緊急オペが終わった。

松井が恵理に呆然とした顔で尋ねる。

「……言い寄ってた男って……まさか、こいつのことだったの？」

恵理は答えない。申しわけなさそうに目を伏せるのみ。

「……っていうか、二人、つきあってるの⁉」

「ごめんなさい」と、恵理が力なく答えた。

「今日こそはっきり言うべきだって、ひろ……木沢くんに言われてたの。……勘違いしたままじゃ松ちゃんがかわいそうだって。……だから今日、三人で……ホントに、ごめ

※**圧挫**
外部から強い力がかかったことによって、筋肉などの組織がつぶれること。

ん」

謝られたところで簡単に納得できるものではない。半ば取り乱したようになりながら、松井が食い下がった。

「ちょ、ちょっと待ってよ、それじゃあ俺、なんのためにお前を守ろうとしたのよ？　よけようと思えばよけられたのに、それを、それを、お前をかばおうとして――」

見かねた藍沢が言った。

「もういいじゃないですか。それは、あなたを傷つけたくないための嘘でしょう」

松井が藍沢を見やる。

「……そ、そんなの、自分が傷つきたくないだけじゃん」

作業する手を休めないまま、藍沢が応じる。

「そうとも言えます。……人は、嘘をつくもんですよ」

松井は黙り込み、藍沢はまた作業に没頭した。

白石は、敏明の両親に冷厳な事実を報告した。拡張型心筋症の敏明に、これ以上心臓マッサージを続けても、心臓が再び動き出す見込みはない。ならば、残念だが、心臓マッサージは、やめざるをえない……と。そう説明されても事情をうまく飲み込めない久枝が白石に訊いた。

「それで……マッサージをやめたら……どうなるの？」

返す言葉を懸命に探す白石。だが、それは容易に見つからない。

「だって意識があるんでしょ？　だったら、なんでやめるのよ⁉」

慰めるすべをもたない白石には、事実を伝えるよりほかない。

「このまま続けても苦しみを長引かせるだけです。終わりにしてあげてください」

「あんたは鬼⁉　生きてる人間を見殺しにするの⁉」

「……」

白石につかみかかろうとした久枝の肩を、後ろから洋三がそうっと押さえた。

「……わかりました」

そう口にした洋三の声は……震えていた。その震えを受け止めきれるほど白石は強くはない。だが……彼女は踏みとどまった。「残念です」と応じて、白石は深々と一礼した。

生命はみな平等のはずだ。目の前に救いを求める命があれば、そのすべてを救いたいと、医者ならば、いや、人間ならば誰もがそう考えるだろう。だが——現実は残酷だ。

医療の、ことに救命の現場では、時として「救える命」と「救えない命」とを厳然と区分けして、前者を優先させる判断を下さねばならないことがある。

その命の選択が今、この場所でも行われようとしていた。

木沢の脳には血腫[※1]があった。すぐ病院に搬送してそれを除去しなければ、木沢は死ぬ。男性二人の下敷きになっている恵理にはクラッシュ・シンドローム[※2]の危険があり、このまま放っておけば、やはり死ぬ。病院へ運ぶには体に刺さっているスキー板を切断する必要がある。それを行うには一番上にいる松井の体を持ち上げねばならない。だが、体を持ち上げれば、大血管の傷からの激しい出血のために、あっという間に松井は失血死してしまうだろう。転倒の瞬間、恵理を守ろうとした彼の体はうつぶせの状態だ。それでは開胸できないので、事前に大動脈を遮断しておくことも不可能である。だが――このまま手をこまねいていては、三人全員が死んでしまう結果になるだろう。

医師たちを決断させたのは、藍沢の発した言葉だった。

「たとえ残酷でも、真実を知らされるほうがいい」――。

松井に状況を説明したのは藍沢だった。スキー板を切断しないと病院へ搬送できないこと。スキー板は松井の大血管を遮断する形になっており、体を動かせば松井は大出血すること。しかし、木沢の容態は一刻を争うので、スキー板を切り、彼をヘリで運ぶことと……。

松井は狼狽した。それはそうだ。スキー板の切断は、松井の生命を危険にさらすことを意味するのだから。

「助かる可能性の高いほうから優先順位を決めざるをえないんです」

「待ってよ……俺が重症すぎるってこと？　こんなにしゃべれるのに？」

松井が比較的、軽症のように見えるのは、ただアドレナリンと痛み止めの効果にすぎない。もしそれがなかったら、彼はとうに意識を失っていたはずなのだ。

藍沢はただ真実だけを伝えた。医師として——。

松井は茫然としていた。そして、つぶやいた。

「……俺……死ぬの？　ふられたばっかりで、そのうえ死んじゃうわけ？　こんなのあ

※1 血腫
内出血によって、体内の一カ所に血液がたまり、固まったもの。

※2 クラッシュ・シンドローム
圧挫症候群（挫滅症候群）。筋肉が長時間圧迫された状態から解放されたとき、壊死した筋肉細胞から大量の有害物質が血液中に漏出して全身に回るために起こる、さまざまな障害。

りかよ、とんだ役立たずじゃん、俺……」

藍沢は何も言えなかった。いかに覚悟を決めて真実を伝えたとはいえ、こんなときの適切な応答の仕方など知っているわけがないのだ。

「やだ……やだ……。いやあ！」

目の前の現実を受け止めることができず、恵理が泣き叫ぶ。藍沢が声をかけても、半狂乱の状態はおさまらない。体が揺れると松井の血管が傷ついてしまう。やむを得ず、藍沢は恵理に鎮静剤を投与した。

いつの間にかそばに来ていた橘が、松井に呼びかけた。

「松井さん」

はっとして顔を上げる松井。その視線が自分の下方にいる恵理に注がれる。鎮静剤が効いて眠った彼女の顔を見て、松井は、小さいけれどもはっきりした声で言った。

「……や……やってください」

「……すまない」と橘。

体を持ち上げられながら、松井が恵理に語りかけた。

「……あのさ……なんか実感わかないんだけど、もし、このまま別れってことになるなら……俺、お前のこと、ずっと守ってるから。お前はどう思ってても、俺は……お前のことを守ってるから……」

医師に覚悟が必要なように、患者にもまた覚悟が求められる。このとき松井の顔には、それが確かにあった。患者としての覚悟と、そして信念が――。


木沢と恵理が担架で運ばれていく。藍沢の目の前には横たわる松井の体があった。開胸しての止血、心臓マッサージ……やれるだけのことは、すべてやった。それでも……松井の命は、救えなかった。医師としての選択の結果だ。

藍沢は沈んだ口調で松井の亡き骸に話しかける。

「松井さん、あなたがしゃべり続けてくれたおかげで、あとの二人も落ち着いていられた。あなたは……役立たずなんかじゃない。……あなたが、あの二人を守ったんだ」


日没後は原則として、ドクターヘリのフライトは認められない。最後まで現場に残っていた藍沢と白石は、患者の血で染まったユニフォームの上からジャンパーを羽織り、電車に乗って病院へ帰るところだった。

「座れよ」と藍沢に言われて、ひとつあいた席に腰をおろした白石の向かい側に、5歳くらいの男の子と、その母親が座っている。シートに乗って外の景色を見ようとする男の子を、母親が「座りなさい」とたしなめた。嫌がって制止をふりきろうとした男の子の手を、母の手がぎゅっと握り締める。その母子の、つないだ手と手が、白石の胸をかき乱した。こみ上げるものを抑えきれない。

白石の頬を、熱い涙が伝わる。止まることなく、いつまでも。

藍沢はさりげなく白石の前に立った。泣いている彼女の姿を、ほかの乗客の目からかばうように……。

誰もいない初療室の片隅に、緋山はひとりたたずんでいた。

彼女が見つめているホワイトボードには、この日の患者の経過が記されている。「死亡」、「処置後にICU」……と、短い言葉が並ぶ。

緋山の手には、自分自身の手術同意書があった。そこに名前はまだ書かれていない。

緋山に付き添われて搬送されてきた沙希は、HCUのベッドに寝かされていた。事故で負った傷こそ重くはなかったものの、検査の結果、卵巣に腫瘍が発見されたのだ。早いうちに手術すべきなのは当然である。しかし——。

ベッドにあおむけになった沙希は、難しい顔をして天井を眺めていた。その手には卵巣腫瘍の手術同意書がある。沙希はそれをいきなり破り捨てた。

と、横から視線を感じた。視線の主は、隣のベッドに寝かされている悟史だった。

「手術なんて怖くって。それに医者って、すぐ切りたがるっていうでしょ?」

照れ隠しのように笑いつつ言いわけする沙希に、微笑みを返しながら、悟史が応じた。

「そんなことないよ。僕もね、前は医者だったけど、うん、そんなことないさ」

前は医者だった――そう聞かされて口ごもる沙希に、悟史が続けた。

「やれる手術があるだけいいじゃないか。……幸せだよ、君は……」

「……」


自分のもとへやってきた緋山に向かって、沙希は開口一番にこう告げた。

「やらないからね、手術。……あんたたちは簡単に言うけどさ、こっちは初めてのことなんだから。あんたらみたいに毎日毎日やってれば慣れっこなのかもしれないけどさ」

顔をそむけて口をとがらせる沙希に、緋山は意外な言葉で応じた。

「そりゃ怖いよね……体にメスを入れるんだし。失敗する確率だって、ゼロじゃないし」

「……な、なんてこと言うの。怖いこと言わないでよ」

「だって、そうじゃない。成功率とかいったって、失敗する可能性が1パーセントだったとしても、失敗しちゃったら本人にはそれがすべてでしょ……」

それはなぜか自分自身に対して言っているようにも聞こえた。

「なによ、それ？　脅し？　脅迫？」

緋山が、かぶりを振りながら沙希に言う。

「違う、違う。私は、あなたに元気になってもらいたいだけ。あんな事故現場から、生きて戻ってこれたんだもん」

いったん言葉を切ってから、さらに続ける緋山。

「でも……それとこれとは別。手術を怖がる気持ちはよくわかる。だから……やりたくないなら、やらなくていいよ」

緋山の真意を探るような目つきになって、「え、そうなの？」とつぶやく沙希。

「ただ、なんていうか……そう、元気っていいなって思う。つくづく……。当たり前だけど」

そう言って、緋山はそのまま出ていった。

備品置き場の隅に白石が座っていた。焦点が定まっていない彼女の目は、何も見てはいない。不意に誰かが隣に座った。

「泣いたあと、ついてるよ」

緋山だった。「え!?」とあわてて顔を手でぬぐう白石。緋山が「嘘だよ」と続ける。

しばしの沈黙。それを破ったのは、緋山だった。

「見直した、現場で……。何を言われようと決断する、あんたの姿勢」

彼女らしからぬ率直な称賛の言葉に戸惑いながら、「でしょう?」と冗談めかして返す白石。緋山も笑って応じる。「調子に乗んなっての」

立ち上がった緋山の横顔には、決意が浮かんでいた。


緋山と沙希の二人は、ほぼ同時刻に、それぞれの手術同意書に署名した。それが偶然だったのかどうかは……誰にもわからない。


つらい選択を迫られた翌日、藍沢は祖母・絹江の病室を訪ねた。ずっと気になっていたことを今日こそ確かめたい。その答えが、たとえ自分にとって不都合な真実であったとしても……。昨日、冷酷な事実をみごとに受け止め、患者としての覚悟を示してみせた松井の最期が、彼の心を後押ししていたのかもしれない。

上半身をベッドに起こした祖母の顔色は、体調が悪くないことを物語っている。ならば今日ここで訊くしかない。藍沢は祖母を見つめて問いかけた。

「ばあちゃん……母さんって、胃ガンで死んだんだよな？」

絹江の頬がこわばった。

「こないだ、うわ言を言ってたんだよ。……殺したって、なに？　どういうこと？」

絹江は答えない。震える両手が彼女の動揺をあらわにするのみだ。ためらいながらも藍沢はさらに言う。

「ばあちゃん、教えてくれ。……俺は本当のことが知りたいんだ」

そこで言葉を切り、呼吸を整えてから、藍沢は続けた。

「山田一郎って誰なんだ？　俺の知らないところで、何があったんだよ？」

そのとき、藍沢の背後から、「こんにちは」という男の声がした。

虚をつかれたように振り返った藍沢の視界に、ドアの隙間から顔を出した中年の男がいた。絹江の口から、ひとりの男の名前が、こぼれ落ちた。

「誠次《せいじ》……」

その名前は、藍沢の体を、心を、瞬時にこわばらせた。

「誠次……!?」

忘れるはずもない、その名前は……藍沢の父親のものだった。

4

その日の勤務を終えた橘は、ひとり暮らしのマンションに帰っていた。
買ってきた缶ビールをコンビニの袋から取り出し、片手で器用にタブを開ける。プシュッという音と一緒に溢れかけた液体を一口、喉の奥に流し込みながら、橘はチェストの上の写真立てに視線を送った。

「……」

幼い子供を真ん中にして、幸せそうに微笑む一組の男女がそこにいた。橘と、それに三井の——過ぎ去りし日の肖像。

時は流れても、けっして変わらぬ思い。それを認めて表に出すか、それとも飲み込んで隠し続けるか、つらい過去との向き合い方はさまざまだ。

藍沢は絹江の病室で祖母の寝顔を見つめていた。絹江は肺炎を再発してしまい、今も高熱が続いている。「順調に回復している」という主治医の言葉は救いだが、この再発には彼女の精神面も影響しているような気がしてならない。

そう考える藍沢自身の精神も、いまだ混乱の淵にある。父との予期せぬ再会は、彼の中に重苦しい影を落としていた。

あの日、ここで顔を合わせた「山田一郎」こと藍沢誠次は、思わず「父さん？」と呼びかけた耕作に返事をすることなく、ただ困ったような顔をして、絹江を見るだけだった。そして沈黙の末、「俺、帰るわ」とだけ言って、病室から足早に立ち去ってしまったのだ。

藍沢は事の次第を飲み込めないまま、狼狽するばかりの絹江に訊いた。

「今の……親父ってこと？」

何も答えず顔をそむけた祖母に、なおも問いかけた。

「なんで黙ってたんだ？　事情があるならあるで——」

「耕作……」と、絹江が孫の言葉をさえぎった。

「お前の父親は、死んだんだよ」

藍沢が反論しかけたとき、絹江は急に激しく咳き込んだ。

祖母の寝顔を見つめる藍沢の心にあるのは、困惑と、これまで絹江に対して一度も抱いたことのない感情——怒りだった。

白石は疲れきっていた。誰もいないエレベータの壁に体をもたせかけて、大きくため息をつく。連日の激務。相次ぐフライトと担当する患者の数は、ひとりの人間のキャパシティを超えているかもしれない。だが、それは誰かに強制されたものではない、彼女自身がそれを望み、積極的に取り組んでいるのだ。だからこそ、他人に弱みを見せるわけにはいかない。

不意に扉が開き、橘と緋山がエレベータに乗り込んできた。その瞬間、白石は壁からさっと背中を離し、何事もなかったような顔で橘に会釈した。

白石の様子に気づいているのかいないのか、曖昧な表情で片手をあげてから、橘は緋山に話しかける。

「心カテ※、うまくいったみたいだね。調子よさそうじゃん」

カテーテル・アブレーションの処置を受けた緋山の心臓は、順調に回復していた。今日も担当医の神岡から「問題ない」との言葉をもらって、安堵していたところだ。だが、なぜ橘がそれを……？　まさか白石がしゃべった？

※ **カテーテル・アブレーション**
カテーテル焼灼《しょうしゃく》術。先端に電極をつけたカテーテルを心臓の異常のある部位に挿入し、電極に高周波電流を流すことで、その部分の心筋を焼いて、不整脈が起こらないようにする治療。

緋山が鋭い視線を白石に送る。違う違うというようにあわてて手を振る白石。その様子を見て、橘が笑いながら言った。

「ナースにはさ、俺のファン多いんだ。どうだ、快気祝いに飲みに行くか？　……発作を起こされちゃたまらんから、しばらく誘わなかったけどさ」

げんなりした顔になって、緋山が応じる。

「※オペ看と、よく飲みに行ってるっていう噂ですよ」

「誰のこと？　何人かいるからな。……白石も一緒にどう？」

緋山のいやみなど意に介さず白石にも声をかけた橘だが、彼女の返事はにべもない。

「ちょっと血液透析の勉強をしたいんで」

「はあ〜。真面目だねえ、君らは。毎日、人が死ぬ職場だよ？　そのストレス、どうやって解消するの。恋しかないでしょ」

「どうしてあの三井先生が、別れたとはいえ結婚したかなあ……」

あきれた緋山がそう漏らしたとき、エレベータの扉が開いた。

「つきあってみればわかるよ、君も」

橘が出ていったあと、肩をすくめて緋山が白石に訊いた。

「橘先生のあの軽さって、昔からなのかな」

ちょうど着信したメールを見ながら「さあ……」と応じる白石。肩越しに、緋山が携帯の画面をのぞき込んだ。メールの文面は「今夜、予定はどう？ 待ってる」、送信者の欄には「恒夫《つねお》」とある。

「なに、あんた男いたの⁉」

「いや、そんなんじゃ……。前にちょっと……」

「昔の男⁉」

「……男っていやあ、男かも……しれない」

困ったような表情で言ってから、白石はそそくさと携帯をしまった。

エレベータを降りた橘は、今聞いた緋山の言葉を反芻していた。

「……どうして結婚したか……か」

※ **オペ看**
（病棟勤務ではなく）手術室（オペ）に関する業務に従事する看護師。手術室や手術道具の準備・管理、手術中の医師の補助、患者の容態管理などを担当する。

藤川がナースステーションでカルテを書いていると、冴島がＨＣＵから逃げるようにやって来た。はためにもわかる深い憂いが横顔に浮かんでいる。たまらず話しかける藤川。

「また……ひどいこと言われたの？」

悟史のこと、だ。

はっとして振り返った冴島は、無表情の衣をすばやくまといながら冷静な口調で応じた。

「少し不安が出てきているようです」

このところ悟史の精神状態は不安定になっていた。

先日、悟史は、ＨＣＵで隣り合わせた沙希に、彼女がオペに同意するきっかけとなった言葉――「やれる手術があるだけいいじゃないか」――をかけた。あとからそれを聞いた緋山は、彼にお礼と沙希からの言葉を伝えに行った。

「ありがとうございました。あの子も、悟史さんに頑張ってくださいと伝えてくれって」

ところが悟史から返ってきたのは、自暴自棄にも聞こえる自虐的な言葉だった。

「やれるオペがあるだけいいって言っただけだ。今の俺を見りゃわかる。ははは、あんな子にまで同情されてんのか、俺は……」

悟史は最後まで自分らしくありたいという思いから、自らの延命治療を拒否する決断を下した。その悟史でさえも、難病に冒されて未来を閉ざされた自分の現状は直視しがたいものなのだろう。どんなに抑えようとしても募ってくるいらだちは、献身的な看護を続ける冴島に向けられることが多くなっていた。

誰を責めることもできない……。


緋山は外来処置室で、腹部の痛みを訴える奥《おく》田《だ》剛三《ごうぞう》という患者を診察していた。彼のカルテを見ると、前日にも来院した記録がある。そのときの担当は白石だった。

「生牡蠣を食べたことによるノロウイルス。整腸剤を処方されて帰宅、ですか」

「昨日の先生はそう言ったけど、ちっとも治らないんだよねえ」

奥田の腹部をみた緋山は一目で異常に気づく。痩せ気味の腹の一部が隆起して、それがどくどくと脈打っている。——腹部大動脈瘤※1の切迫破裂※2だ！

※1 **大動脈瘤**　動脈硬化などが原因で、大動脈の一部がこぶ状にふくらんだもの。破裂すると、大量出血、激痛、呼吸困難、意識障害などの症状を起こす。致命率も高い。
※2 **切迫破裂**　破裂寸前の危険な状態。

ＣＴ検査を受けた奥田は、すぐに緊急オペに回され、危ないところで命をとりとめたのだった。

奥田のオペのあと、白石は橘とともに田所部長に呼び出された。奥田のカルテを見ながら田所が言う。

「腹部X線写真とエコーはやっている。……昨日の段階で切迫破裂を疑うのは難しいでしょう。これを誤診というのは過酷すぎますね」

「いえ……念のためにＣＴを撮っておくべきでした……」

田所に向かって頭を下げた白石に、横から橘が言った。

「前日はフライト、その前はオペに志願して入ってる。ほとんど寝ていない。判断力も鈍るさ」

その言葉を引きとった田所が、白石の目をじっと見つめて告げた。

「とにかく少し休みを入れて、無理をしないように。……これは命令です」

口調こそ穏やかだが、有無を言わせないその言葉を、白石は唇を噛みしめながら聞いた。

部長室を出たあと、白石はさすがに落胆の色を隠せない様子だった。見かねて橘が声をかける。

「あまり根をつめすぎるな。無理をすると、傷つけるぞ……患者と、それに自分をな」

冴島はHCUにいる悟史のもとへ駆けつけていた。嚥下《えんげ》※1機能にも支障をきたしつつある彼が、誤嚥性肺炎※2を起こしたのだ。幸い、藤川の処置が早かったため、重大な事態には陥らずにすんだという。

安堵のため息を漏らした冴島に、悟史の毒づくような声が浴びせられた。

「悪いな、まだ死ななくて。さっさと死ねば、お前も心おきなく仕事ができるのにな」

顔を曇らせて黙り込む冴島を無視して、藤川に声をかける悟史。

「知ってます？　俺ね、こいつの家庭教師だったんですよ。……それが今じゃあ、おむつを替えてもらってるってわけ」

※1 **嚥下**
口の中のものを飲み下すこと。

※2 **誤嚥性肺炎**
誤って気管に入ってしまった食べもの・唾液・胃液などに含まれていた細菌が、肺で増殖したために起こる炎症。

返答に窮した藤川が、それでもどうにか「あまりしゃべらないほうがいいですよ」と言ったとき、悟史が今度は冴島に向かって、皮肉めいた口調を隠そうともしないで言った。

「お前はいいな。……立派なフライトナースだ」

ＨＣＵに嫌な空気が広がる。

「なあ、言えよ、迷惑だって。ほかの患者からも苦情が出てるだろう」

「そんなことないわ」と否定した冴島に向かって、悟史が語調を強めて続ける。

「俺は朝から晩まで勉強した。同期の誰よりも多く患者をみた！　……俺が費やした、あの時間と思いはなんだったんだ！　なあ、なんで俺なんだよ！」

しゃべりすぎたせいか、悟史の息がみるみる上がっていく。

「俺の人生はなんだったんだ？　意味がなかったってことか！　俺の人生は無意味だったってことなのか！」

「悟史！」

冴島の言葉は、ほとんど涙声になっていた。荒い呼吸の中で、悟史が冷たく告げた。

「もう、来ないでくれ……。これ以上……醜くなってく俺を……見ないでくれ……」

その日、ドクターヘリで出動した藍沢が搬送してきたのは木島由紀菜《きじまゆきな》という20歳の女性だった。職業はキャバクラ嬢。強風で落下した看板で、頭部を打ったのだ。

彼女は妊娠していた。24週目だった。検査の結果、幸運なことに、本人にもお腹の子供にも特に問題はなさそうだった。

だが――彼女には母になる意志がなかったのである。24週目では、もうそのための処置を施すこともできない。

病室のベッドの上で、「マジ困るんだけど。産む気ないし」と、あっけらかんとした調子で言う由紀菜に、対応していた藍沢は顔をしかめた。それには構わず、「この病院って、赤ちゃんポストないの？」と訊く由紀菜。

「ない！」

あきれた藍沢は、「親に連絡するから」とだけ言って、病室をあとにした。

橘はナースステーションで、ドクターヘリの出動記録を見ていた。由紀菜の「既往歴」の欄に、「妊娠24週目」という文字が記されている。

橘の脳裏に、過去の記憶の断片が蘇った。

「ちょっと無理しすぎですよ。橘先生、昨日も当直だったでしょう？」

ナースの心配する声。そう、あのときの自分は限界に近い——あるいは限界を超えていたかもしれない——過酷な業務についていた。ちょうど今の白石のように、自分自身の意志で……。

あの日、運ばれてきたのも由紀菜と同じ24週目の妊婦だった。前期破水[※1]を起こしていて、感染兆候が強い。もしこれ以上徐脈[※2]になれば危険だ。当時は救命医だった西条の判断で、妊婦はすぐさま帝王切開を施されることになった。

懸命の処置も虚《むな》しく、超未熟児としてとりだされた赤ん坊が命を永らえるのは、ほぼ不可能な状態だった。肺も心臓も未発達。胎内感染の疑いのほか、脳内出血まであったのだ。そのつらい事実を両親に伝えたのは、橘だった。泣きむせぶ両親の同意を得て、赤ん坊の延命治療を中止しようとしたとき——橘は、まったく想像もしていなかったことを西条から命じられた。

「挿管しろ」

橘は、横たわる赤ん坊と西条の顔とを交互に見た。

「ま、待ってください。回復の見込みもないのになぜ挿管を？　この子をこれ以上苦しめる必要があるんですか？」

西条の口から発せられたのは、信じがたい言葉だった。

「練習だよ。……こんな超未熟児の挿管なんて滅多に体験できることじゃないだろ」

目を閉じればすぐに、あの日の光景をくっきりと思い出せる。部屋の様子も、赤ん坊が入れられた保育カプセルが反射する鈍い光も、名札に記された「小林《こばやし》ベビー」という文字も……。

カンファレンス室で、由紀菜の胎児の画像を見ていた三井の脳内でも、あの赤ん坊の記憶が再生されていた。

※1 **前期破水**
陣痛が始まる前に、羊水が子宮外に流れ出ること。早産や子宮内感染などの原因となる。
※2 **徐脈**
不整脈の一種で、脈拍数が少なく、体内に十分な血液を送れなくなっている状態。

橘は新生児室のカプセルの中に手を入れ、意味のない挿管によって無理やり生かされている「小林ベビー」の手を握っていた。憔悴しきった灰色の顔で、「ごめんな」と何度も何度もつぶやきながら……。

挿管してから、もう五日が経っていた。まるで抜け殻のような橘を見かねて、三井は思わず声をかけた。

「先生が今回身につけた技術で、命を救われる子供も出てくるかもしれない。技術を身につけるための処置は間違っていません。自分を責める必要はないと思います」

生気のない瞳を三井に向けたまま、橘は何も言おうとしない。彼女がさらに言葉を続けようとしたとき、橘がようやく口を開いた。

「この子な、さっき心停止したんだ」

モニターは、この赤ん坊がすでに息をしていないことを知らせていた。

「頑張ったんだよ、この子は。……五日間も」

三井の目の前で、橘の顔が歪んでいく。

「きっとこの子は、助けてもらえると思ってただろうな」

橘はその場に崩れるようにしゃがみ込み——号泣した。

「ごめん、ごめんな……。ごめん……！」

涙とともに溢れ出るのは、ただただ謝罪の言葉。それはもはや、つぶやきなどではなかった。魂の奥底から湧き上がるような、悲痛な叫び声だった……。

目の前の胎児の画像が、その遠い記憶と重なっていく。三井は深く息をついて、かぶりを振った。

人は、なぜ変わってしまうのだろう……。

ＨＣＵのガラス越しに、冴島は眠り続ける悟史の顔を見ていた。兄の紹介で、医学部を目指す自分の家庭教師をしてくれることになった悟史と初めて会ったときから、自分は彼に惹かれていたような気がする。

悟史は理想に燃えていた。勉強を教えてくれる合間に、医大から持ち出した縫合セットを見せられたことがある。「心臓外科に進むために、これで練習しておくんだ」と言って笑った彼の顔を、声を、今でもはっきり思い出せる。あの頃は……まさか……こんなことになるとは、思ってもいなかった……。冴島もまた、三井と同じ思いを抱えていた。

人は、なぜ変わってしまうのだろう……。

入院することになった由紀菜は、お腹に子供がいることを少しも感じさせない軽薄な様子で、担当医の藍沢に話しかけていた。

「医者ってかっこいいよね。マジ、リスペクト。先生ってさ、顔もよくて頭もよくて、人生ラッキーって感じっしょ？」

ずっとこの調子で、藍沢ももはや怒る気力さえ出ない。だが、その直後、病室に緊張が走った。由紀菜が、破水を起こして気を失ったのだ。藍沢はすぐに三井を呼ぶよう、看護師に指示した。

由紀菜に付き添う家族は誰もいない。藍沢が連絡しても、両親は来院の意思を示そうとしなかった。由紀菜のお腹の子の父親には連絡さえとれない。彼女によると、妊娠がわかってから携帯電話の番号を変えてしまったらしく、完全に音信不通だという。

由紀菜は※子宮頸管無力症だった。子宮口が完全に開いて、胎児の頭がもう見えている。三井のあとからやって来た橘は、過去のあの記憶が蘇ったのか、呆然としていた。黙っている橘に、三井が訊く。

「迷っているの？」

「24週、だよな……」

戸惑いを見抜かれ、ただその一言だけ返すのが精一杯の橘の心情を察しながら、三井がきっぱりと言いきった。

「大丈夫、この子には胎内感染も臓器の低形成もない。幸い発育も早いわ。……750グラムもあれば、ちゃんと産ませることができる」

「……わかった。このまま産ませよう」

三井の主導によって、由紀菜の緊急分娩が開始された。


半ば強制的に休みをとるよう言われた白石は、備品置き場でぼんやりしていた。ふと誰かの気配を感じて、顔を上げる。緋山だった。菓子パンを手に、白石の隣に無遠慮に座り込む。

「藍沢のところも大変だったみたいね」という緋山の言葉に、白石が「そう」と元気のない返事をする。と、緋山がいきなり立ち上がった。

「あのさ、過去にとらわれてるのはあんただけじゃないよ」

服の襟を押し下げて手術の傷あとを見せながら、緋山が続ける。

※ **子宮頸管無力症**
通常は閉じている子宮頸管（子宮下部の筒状の部分）が、胎児の重みを支えきれず、早い時期にゆるんで開いてしまう病気。流産や早産の原因となる。

「初療室で処置してるとき、急に思い出すことがあるの。自分が呼吸器をつけてた苦しさ、痛さ……。心房細動は治ったけど、事故のフラッシュバックで息が止まりそうになるときが今でもあるの」

白石が緋山の顔を見つめる。そこにあるのは、生真面目で、真剣で、そして熱い表情だった。

「でも私は同時に思い出す。助けてくれた黒田先生、藍沢、救命のみんな。そして……あんたのこと。――だから、頑張れる」

「………」

「ひとりでできることなんてたかがしれてる。なんでも自分だけで抱え込まないで」

そう言うと、緋山はそのまま去っていった。少々ひねくれやの彼女らしからぬ、そのストレートな励ましは、白石の胸に静かに、確実に沁み入ってきた。

由紀菜の分娩は無事終わった。NICU※に設置されたカプセルには、彼女が産んだ未熟児が入っている。そこに記された文字は――「木島ベビー」。

出産後も、由紀菜はあいかわらずだった。「一命はとりとめたが、まだ予断は許さない」と告げる藍沢に対して、まるで危機感のない口調で「マジで？　もう勘弁してよ。看板は命中するわ、手術になるわ――」

藍沢がその言葉をさえぎった。「お前じゃない。赤ん坊のことだ」

「あ……」

母になった自覚など、まるでないのだろう。「あのさ、悪いけど、私……」と、言いかける由紀菜。

「わかってる。赤ん坊を見たくないんだろう？　いいよ、見なくて」

突き放すような藍沢の言葉に、さすがの由紀菜も押し黙る。

「お前みたいな親ならいらない。子供は生まれればひとりでも生きていくんだ」

踵を返して出ていく藍沢の背中を、由紀菜は無言で見送った。

その日、誠次がまた絹江の病室を見舞っていた。「なんか、後味悪くってさ」などと言いわけしながら、ベッドの横に腰をおろした誠次に、絹江が冷たく言った。

※ＮＩＣＵ
Neonatal Intensive Care Unit の略。新生児集中治療室。低出生体重児や重症の病気をもつ新生児を24時間態勢で管理し、高度な治療・看護を行う部門（またはその施設）。

「なんで急に来るようになったの？」

目をそらして、誠次がもごもごと答える。

「いや……その、なんていうか……おふくろも歳だしさ、見舞いぐらいは来といたほうがいいかなって、そう思って……」

「……親がいなくて、あの子がどんなふうに生きてきたと思うの？」

鋭く光った絹江の目が、誠次の視線をとらえた。

「……『僕、いい子？』――それが、あの子の口癖だったのよ」

返す言葉が見つからないのか、無言で聞いている誠次に絹江は続けた。

「あの子はね、心のどこかで親に嫌われてると思ってる……。入院した夏美さんも、あの子を寄せつけないようにしてた。おまけに、父親のあんたは家を出ていった」

「……」

「自分がいい子じゃなかったから、捨てられた。そう思ってるのよ。いい子じゃなければ愛されないと思ってる。優秀じゃなければ必要とされないと思ってる。だから、必死になって勉強して、奨学金で医学部に行った。……それはもう、すごい頑張りようだったわ」

絹江の瞳と言葉が、ひときわ鋭く誠次を射抜いた。

「いまさらどんな顔をして、ここに来るのよ？　……あんたはね、死んだの。耕作の中でも、私の中でも……」

ＮＩＣＵで、「木島ベビー」のカプセルに手を入れて処置をしていた藍沢は、近づいてくる車椅子の車輪がきしむ音を聞いた。由紀菜だった。藍沢の後方から、こそこそとカプセルの中をのぞき込もうとしている。

「お前にも、良心なんてものがあったのか？」

「そんなふうに言わなくったって……」

藍沢の言葉に、口をとがらせる由紀菜。

「木島ベビー」に顔を向けたまま、藍沢が「俺のことを恵まれてるって言ったな？」と訊いた。「うん……」と応じながら、次の言葉を待つように由紀菜が藍沢を見つめる。

「俺には……両親がいない。幼い頃からずっと、俺はばあちゃんに育てられてきた」

「……」

「でも、親が欲しいなんて思ったことは一度もない。たとえ両親がいなくたって、生きていけるんだ、人間は……」

「……」

「帰れ」

黙ったままの彼女の顔に、やがて一瞬、光がさした。

「あ……指、つかんだ」

彼女の目はカプセルの中に注がれていた。小さな手が、藍沢の指を握っている。

「生きようとしてるんだ、この子は。たったひとりで、懸命に……」

自分の指を握ったままの「木島ベビー」を見つめながら、藍沢がぽつりとつぶやく。

その言葉からも、表情からも、とがめるような調子は消えていた。淡々とした、どこか諭すようにも聞こえる声だった。

と、すぐそばまで来ていた由紀菜が、口を開いた。

「ねえ……私にも、さわらせて……」

それは、まぎれもない「母」の言葉だった。藍沢はカプセルからそっと手を抜くと、立っていた場所を由紀菜に譲った。

カプセルに手を入れ、赤ん坊に触れる由紀菜。「かわいい〜。超かわいい〜」と無邪気に喜んだあと、ふと不安げな顔を藍沢に向ける。

「私に……育てられるかな……」

由紀菜の横に立った藍沢が、穏やかなまなざしで語りかける。

「……授業参観は行けるときだけ行けばいい。その代わり、運動会は少し無理してでも行ってやってくれ。担任の先生とやる二人三脚はつらい」

藍沢をじっと見つめながらうなずいた由紀菜に、藍沢がさらに言う。

「俺に残ってる親との思い出は……父親に一度だけ頭を撫でられたことだ。いい子にしろよって。父親が……家を出ていった日に」

まだ心配そうにしている由紀菜に向かって、藍沢が念を押すように言った。

「一緒にいさえすればいいんだ。……ただ子供と一緒にいてやれば。それだけでいい」

由紀菜の表情が、すうっと晴れていく。

「先生のおばあちゃんに育て方を訊けばいいのかな？　だって……育ってほしいもん、先生みたいに」

由紀菜の素直な言葉が、藍沢の不安と焦燥を取り去った。もう一度、自分の過去と正面から向き合う勇気を、藍沢は今、この「母親」からもらった気がした。

翌日――。
病棟のすぐ外で急患が発生した。大動脈瘤のオペを受けた奥田の息子、友則《とものり》が、窓から落ちてショック状態となったのである。処置にあたったのは白石と緋山の二人だった。

初療室に運ばれた友則は、心停止に陥った。肺か血管に重大な損傷があるらしく、血胸がひどい。猶予している場合ではない。あいにくほかの救命医は全員オペ中だ。白石と緋山は、自分たちだけで開胸手術をすることを決断した。

メスで胸部を大きく横一文字に切開する白石。※徐細動の準備を指示しつつ、心臓マッサージを施す緋山。二人の息の合った連携が、患者の生命を蘇らせていく……。

橘が到着したのは、オペがほぼ終わったあとだった。白石と緋山の的確な判断と迅速な処置を、「よくやったな」とねぎらう橘。顔を紅潮させた彼女たちが、どちらからともなく互いの顔を見る。二人とも、微笑みを浮かべていた。


夕陽が、ヘリポートに停まったドクターヘリを赤く染め上げようとする頃――

ＨＣＵで横たわる悟史のかたわらには、その日の勤務を終えて、私服に着替えた冴島の姿があった。

悟史が言った。

「昨日はすまなかった」

言葉なくかぶりを振る冴島に目を向けながら、悟史が続ける。

「怖いんだ……外見も中身も、毎日どんどん醜くなっていく自分が……」

意を決したように、冴島がようやく口を開く。

「そうね。あの頃のあなたは輝いていた。いつも私の前を歩いてた。そこに憧れたわ」

少し驚いたような顔で、次の言葉を待つ悟史。冴島は続ける。

「あなたは確かに変わった。でも……好きっていう気持ちは少しも変わらないの。……だから――つらいの。……ごめんなさい。あなたのほうが……ずっとつらいのに」

冴島のコートの胸元に向けられた悟史の目が、そのとき不意にほころんだ。

「……そのブローチ……」

冴島が笑った。無理してつくったような、少し歪んだ、それでも精一杯の笑顔だ。

「あなたにもらった初めてのプレゼント」

「ださいな、今見ても。……でも、初めてつけてくれた」と照れたように応じる悟史。

「後悔してるわ。……もっと早くつければよかった。たったこれだけのことで……あなたはこうして笑ってくれるのに……」

冴島が悟史の体を抱きしめた。悟史は――彼女を抱きしめるための腕が……もう動かなかった。

※ **除細動**
細かく震えて血液を送り出せなくなっている心臓に、強い電気的刺激を与えることで、震えを取り除き、正常な状態に戻す治療。

翔北病院からほど近い繁華街に、その「すれちがい」という名のスナックはあった。白石と緋山は連れだってその店に来ていた。白石の携帯へ「待ってる」というメールを送った「男」が、その店のママを務めている。

その名は大山恒夫《おおやまつねお》——またの名を「メリージェーン洋子《ようこ》」という。かつて白石が担当した患者のひとりだ。入院直後は何かと衝突していた大山と白石だったが、ひょんなことから意気投合し、そのつきあいが今でも続いているのである。

堅物に見える白石がまさかこんな店に通っているとは、さすがの緋山にも想像がつかなかった。

「ね、よく来るわけ？　この店」

「たまにね……来い、来いってうるさいからさ」

そう応じてから、白石が急に真顔になった。

「……ありがとね。あの言葉で、ちょっと吹っ切れた」

予期せぬ礼を言われて、緋山は思わず赤くなる。

「……怒ったり、へこんだりしてるあんた、好きだよ。すました顔で優等生やってるあんたよりさ」

二人で取り組んだ、あのオペのあとと同じ、満足げな微笑みを交わし合う二人。そこに大山が割って入った。

「そうそう、つまんないのよね、この子。血統書つきの柴犬みたいな顔しちゃってさ。女は雑種よ！　奔放に恋しなくっちゃ！」

返す言葉を探す白石と緋山の目の前に、大山がぐいとグラスを突き出した。

「ほ～ら、ブス二人、いい？　かんぱ～い！」

つられてグラスを掲げる二人。三つのグラスが澄みきった音を立てた。

5

頼りない夜間灯の光がＨＣＵの中を照らす。冴島はひとりベッドのかたわらに立ち、そこに横たわる恋人の顔を見つめていた。

彼女の視線を感じたのか、朦朧《もうろう》としていた悟史が静かに目を開ける。

「……SpO_2は……いくつだ？」

とぎれとぎれに聞こえる力のない言葉に、感情を抑えた声で冴島が応じた。

「89……」

「……そうか。そろそろ、だな……」

そう言った悟史の声には、どこか達観したような響きが含まれている。冴島を見上げるその瞳に、かすかな笑みが浮かんでいた。

「個室に運ぶわ」と言いながら、天井をあおぐ冴島。油断すると溢れ出しそうな涙を、そうやってこらえているようにも見える。

冴島は悟史のために、できる限りのことをしてきた。そして今も、自分にできることを探している。しかし、彼女は知っている。もう何もないのだ、と。

投薬、オペ、放射線治療……医師は、ナースは、すべての医療関係者は、患者を治すためにあらゆる手を尽くす。経験と知識と技術を総動員して、患者を死の淵から引き戻そうとする。そしてすべての努力ののちに、知るのだ。それでも……助けられないことがある、と——。

悟史は今……その死の淵にいた。

あえて思い出そうとしなくとも、頭の中にこびりついて、けっして離れない——そういうものが確かに存在する。暗い廊下を歩きながら、藍沢の思考は今まさに、そういうものに支配されていた。

渋る祖母・絹江からようやく聞き出した、ひとつの事実。自らの意思で向き合うことを選んだ過去。母の死の真相……。

「屋上からって……自殺だったってことか」

「違う。あれは事故よ……。自殺なんかじゃないわ」

「本当に、自殺じゃないのか」

藍沢は祖母から一瞬たりとも目を離さないまま、なおも訊いた。

「ああ……。ただ、私は今でも後悔してる。なんで、もっと近くにいてやらなかったんだろうって」

「……わかった。もういい。あとはあの人に訊く」


回想の呪縛からようやく逃れたとき、藍沢はナースステーションに足を踏み入れていた。電話をかけている白石が目に入った。その顔と声にはただならぬ深刻さがある。

藍沢は事情をすぐに悟った。電話を終えた白石に、押し殺した声で確認する。

「……田沢さんの、ご両親だな」

大きく息を吐いてから、白石が答えた。

「ええ。今、こちらに向かってるわ」


個室に運び込まれた悟史は、無言のまま天井を見つめていた。その顔に焦りや恐怖の色はない。モニターをチェックしている橘の横には、黙々と点滴をセットする冴島の姿もあった。入り口近くでそれを見ている藍沢と白石の後方から、緋山と藤川も顔をのぞかせている。

橘も、冴島も、悟史の治療をしているのではない。そう、これは、彼が安らかに旅立つための、まさしく〝儀式〟だった。

その夜、救急車で搬送されてきた患者がいた。上野未来《うえのみらい》という7歳の少女だ。国道脇の草むらでしゃがみ込んでいるところを保護されたという。小さな体に無数のあざや傷がある。胸に犬のぬいぐるみを抱いていて、検査の邪魔になるからとナースが取り上げようとしても、けっして離そうとしなかった。

警察の話によれば、未来は清風園《せいふうえん》という児童養護施設に入れられており、両親はいないらしい。

CT検査の結果、頭を打ったときにできたと思われる血腫が認められたが、脳外科の西条の所見では、現時点でオペの必要はないとのことだった。

検査を終えた未来は病室に運ばれた。ベッドに横たわる少女は、まだ犬のぬいぐるみを抱きしめている。彼女にとって、よほど大切な友達であるらしい。

未来についていた藍沢が、おもむろに問いかけた。

「いくつだ？」

「さっき言った。7歳」

視線をぬいぐるみに移す藍沢。長い時間を少女とともに過ごしてきたのだろう、そのぬいぐるみは薄汚れて、右の腕がとれそうになっていた。その汚れと傷みは、未来が注いだ愛情の証しでもある。藍沢がもう一度、未来に視線を戻しながら言った。

「違う。この子のことだ」

ちょっと意外そうな顔を藍沢に向けてから、未来がそっと答えた。

「この子は……まだ4歳」

「名前は？」とさらに尋ねた藍沢に、未来が今度はもう少しはっきりとした声で言う。

「ジョン、っていうの」

うなずきながら「そうか」と応じた藍沢を見上げる少女の目には、不安と警戒心の代わりに、どこかほっとしたような、あたたかい輝きがあった。

知らせを聞いて駆けつけた悟史の両親――文雄《ふみお》と俊子《としこ》は、息子の状態について、橘と白石から説明を受けていた。悟史の血液中の酸素濃度は、すでに90を切っている。これ以上低下すると、意識障害が出始め、やがて……。

その先を言い淀んでいた橘が、意を決して告げる。

「朝までもつかどうかだと思ってください。会わせたい方がいらっしゃいましたら、今すぐ呼んでいただいたほうが……」

「……はい」と応じた文雄の声には、喉の奥から絞り出されたような響きがあった。

いずまいを正してから、橘が次の言葉を口にする。

「悟史さんがDNR――失礼、延命処置を望まないという書類にサインしておられるのはご存じですよね」

白石が、その書類を文雄と俊子に見せた。橘が続ける。

「我々は、挿管などの延命治療は、できません……」

一礼して去っていく橘。残された白石が、悟史の両親にかけるべき言葉を探しているとき、文雄が悟史の署名を見つめて、ぽつりとつぶやいた。

「これ、どうやって書いたんですかね……」

「え？　あ……」

「……口で、書いたんでしょうか」

「おそらく……」

この夜の当直は、藍沢と白石だった。だが、夜更けのナースステーションには緋山と藤川もまだ残っていた。橘から「帰っていい」と言われても、ここにいることを望んだのだ。二人の気持ちは充分理解できたのだろう、橘は「明日もヘリは飛ぶ。あまり無理をするなよ」とだけ告げると、それ以上、帰宅を促すことはしなかった。

悟史のところへ行こうとして倒れた俊子は、ベッドに寝かされていた。軽い貧血だった。心労が、もう長い間、彼女から安眠を奪っていたのかもしれない。そして今、彼女は息子を見送る儀式に立ち会わねばならないのだ。

俊子の血圧を測っていた藍沢が、「しばらく休まれれば、よくなると思います」と伝えると、俊子は溢れる感情を抑えることなく、悔しげに言った。

「横になっただけでけろっと治るなんて……。息子が苦しんでるっていうのに、私は……」

子を思う親の、血を吐くような言葉だった。

俊子の様子を見てきた文雄は白石とともに、悟史の個室へ向かっていた。

沈黙を、文雄が不意に破った。

「悟史は、どんな様子でしたか？　私はここしばらく来ていなかったもので……」

「気丈でした。ご自身が医師で、病状や病気の進行も、その先の……結果も、誰よりもわかっているはずなのに」

じっと自分を見つめる文雄の顔から目をそらさずに、白石がさらに短く言葉をつないだ。

「すごいことだと思います……」

そんな言葉が慰めにならないことは、白石にもよくわかっていた。しかし、それでも言わずにはいられなかった。

しばしの間を置いて「そうですか」と応じてから、文雄が無理に笑顔をつくって言った。

「私はただのサラリーマンでね。医者になれなんて言ったこともない。息子は自分で決めて、本当に医者になった。……なんでもひとりで決める子でした」

文雄の視線がふっと白石から離れた。彼が今、目を注いでいるのは、手にしているDNRの書類だった。

「DNRか……。最後まで自分で決めやがった……」

ただたどしい文字で記された「田沢悟史」の署名を、父の手がいとおしげに撫でていた。

緋山に案内された悟史の友人たちが、彼の個室にやってきた。白石と一緒に来ていた文雄が、ベッドの上の息子に声をかける。

「悟史……。岩下《いわした》さんと河野《こうの》さん……会いにきてくれたよ」

すでに意識は朦朧としているはずの悟史だったが、それでもわずかに表情をゆるめながら応じる。

「ああ……」

二人の友人が悟史の手を握りしめたとき、また別の友人たちが藤川に伴われて個室に入ってきた。そのあとから、藍沢に連れられて、回復した俊子も姿を見せる。悟史を思う者たちで、個室の中がいっぱいになった。

旅立ちを間近に控えた息子を見て、俊子は泣いていた。その背中を、夫がそっと支える。

「見なさい」

顔を上げた俊子に、文雄が語りかけた。

「明日も仕事だろうに、夜遅く、こんなにたくさんの友達が駆けつけてくれている」

そう言って息子と、その周りを取り囲む友人たちを見やる文雄。促されるように俊子もまたそちらに顔を向ける。

「考えてみれば、子供の頃から悟史は友達が多かった……」

「ええ……。人に好かれる子だったわ」

「それが……一番の誇りだな」

涙をこらえて、文雄が言葉を継いだ。

「よく……生まれてきてくれた。私たちの子に……」


悟史の病室を離れて、ひとりぼんやりしていた藍沢は、すぐそばに人の気配を感じた。そこに立っていたのは——未来だった。あいかわらず、ぬいぐるみのジョンをしっかり抱きかかえている。

見つかってバツが悪いのか、隠れようとする未来に藍沢は話しかけた。

「三分だけだ。三分たったら、部屋に戻るんだぞ」

うなずいた未来は、とことこと歩み寄ってきて藍沢の隣に座った。微笑んでいる。自分のジャケットを未来にかけてやる藍沢。と、未来が不意に尋ねた。

「先生は……どうしてジョンを取り上げなかったの？」

少女に抱かれたジョンを見ながら、藍沢が「大事なものなんだろ」と答えると、未来が伏し目になって語り始めた。

「あのね、ゆりちゃんがね、送迎バスの窓からジョンを投げたの。それで、そのままバス出ちゃったの。だから未来、あとでジョンを探しにいったら転んじゃって、動けなくなったの」

「そうか。そんなに大事だったのか……」

「うん。未来とジョン、ずっと一緒」

「……なんでジョンていうんだ？」

未来の顔に、一筋の影がさした。

「昔、飼ってた犬……。すぐ死んじゃったけど。……お父さんも」

予期せぬ返事を聞いて、一瞬、言葉につまる藍沢。

「……そうか。……お母さんは？」

「遠いとこ。……ゆりちゃんのお母さんとおんなじ」

そう説明してから、未来が訊いた。「先生のお母さんは？」

答えに困る問いを投げかけられた藍沢は、少し考えてから言葉を返した。

「……遠いとこだ。先生も……置いていかれた」

「先生も？」と言って藍沢を見つめる未来。その頭に優しく手を置きながら、藍沢が告げた。

「三分たったぞ。もう終わりだ。……さ、ベッドに行こう」

促された未来は、「うん」と素直に応じて藍沢の手を握った。


重苦しい〝儀式〟の夜が終わり、〝旅立ち〟の日が明けた。

母に手を握られていた悟史は、かすかに開いた瞳で両親の顔を見つめた。苦しげな呼吸をしながら、声を絞り出す。

「ごめんね、ごめん……。俺……親孝行、何もできなかった……」

悲痛な顔で、父が答える。

「何を言ってる」

「ごめん……今まで、ありがとう……」

「何を言ってんのよ。……何言ってんの、悟史！」

母も言った。悟史の目がほんの少し笑ったように見えた。


友人たちが外に出され、さっきまで人でいっぱいだった個室は、がらんとした、寂しげな空間に変わっていた。その隅に両親を呼んだ橘が、沈痛な面持ちで伝える。

「酸素を増やすと本人は楽になります。けれども、病気のせいで息を吐く力も弱まっています。そのため、体内にたまる二酸化炭素も増える。つまり……早く死が訪れることになるかもしれません」

血が出るほど強く唇を噛みしめながら、ただ黙って聞いている父と母に、橘が「どうされますか?」と問いかける。

自分を納得させるように何度もうなずいてから、夫がかたわらの妻に語りかけた。

「もう……もう、楽にさせてやろう」

俊子にも異存はなかった。顔をくしゃくしゃにしながら夫の言葉にうなずき返す。

そのとき、ほとんど意識が混濁しているはずの悟史が言葉を発した。

「はるか……」

ベッドサイドにいた藤川が、少し離れた場所の冴島を呼ぶ。

「冴島……!」

そばに行った彼女が、悟史に声をかけようとしたそのとき——ドクターヘリの出動を告げる無線が鳴った。


野球場に着陸したヘリから、森本、藤川、そして冴島が飛び降りる。停車中の救急車に向かって駆け出す三人。救急車の中にいたのは下田《しもだ》という名の患者だった。強い頭痛を訴えて倒れたらしい。

森本の「話せますか？」という呼びかけに、たどたどしい口調で「ええ……はい……」と応じる下田。朦朧としてはいても、意識はある。頭部の触診を始めた森本を冴島がサポートする。外にいた藤川が、ＰＨＳを耳に当てたまま、車内に声をかけた。

「兼田《かねだ》医療センターの脳外科が、受け入れてくれるそうです！」

「搬出の準備をします」と、冴島が森本に言う。その冷静な口調は、いつもの勤務中となんら変わりないようだった。


悟史は迫りくる死と闘っていた。いや、それは正確ではない。彼は今、自分に訪れようとしている死と、ただ向き合っていた。

息が荒い。呼吸することとそれ自体が、彼に大きな苦痛を与えている。

「悟史！　苦しいの？　悟史！」

懸命に声をかける俊子。だが息子の口から、もう声は出てこない。ただ頬を伝う一筋の涙だけが、彼が今なお生きていることを伝えていた。

「先生……」と文雄が振り返った。その視線を受け止めた藍沢が、答える。

「酸素、増やします」

装置のダイヤルを回す藍沢。酸素供給の音が大きくなる。悲しい音を響かせながら、悟史の中へ送り込まれていく酸素が、儀式の終わりが近いことを冷徹に告げる。

「頑張った、本当によく頑張ったな……。でも……もういい。よくやったよ、お前は。闘ったよ。だから、もういい。……休みなさい。ゆっくり休みなさい。なあ、悟史……」

文雄が、まるで自分に言い聞かせるかのようにつぶやいた。

この残酷で厳粛な光景を、白石と緋山は部屋の隅から見守っていた。

「まだなの、冴島……」という緋山の祈りにも似たつぶやきが聞こえたとき、白石が個室を飛び出し、廊下を駆けていった。彼女が向かった先は、ＣＳ※室である。

「今、ヘリはどの辺ですか？　着陸は何分後？」

白石の剣幕に気圧《けお》されながら、ＣＳの轟木聖子《とどろきせいこ》が「八分後です」と答える。

間に合わないか……。

ドアが開く音がした。入ってきたのは、藍沢だった。二人の目と目が合ったとき、白石は理解した。昨夜からの儀式が終わったことを……。

「マイク、貸してもらえますか」と言って、藍沢がヘッドマイクを装着する。

「ヘリにつないでください」

「……冴島。聞こえるか」

患者の搬送を終え、帰途についていたヘリの中の人々の耳に、ヘッドマイクを通して藍沢の声が響いた。顔を見合わせる森本と藤川。操縦席にいる梶も息を呑む。確信に近い予感があった。

「……はい」と応じる冴島に向かって、藍沢の声が続く。

「冴島……田沢さんが亡くなった。たった今、一〇時一二分だ。……残念だ……」

機内をしばしの沈黙が支配した。ほんの数秒だが、絶望的なまでに冷酷な時間。

「……わかりました」

沈黙を破ったのは、冴島の冷静な声だった。しっかりと前に向けられた彼女の瞳は、だが、何も見てはいなかった。

その日の昼、ナースステーションに白石と藍沢がいた。悟史の死亡診断書を書いていた白石の手が、不意に止まった。視線の先には、解剖の有無を記入する欄がある。

※ CS
Communication Specialist の略。運航管理担当者。ドクターヘリの円滑な運航のため、消防機関などからの出動要請への対応、ヘリのスタッフへの出動指示、患者や天候に関する情報の収集・伝達、ランデブーポイントの設定、患者の搬送先の病院との調整など、さまざまな連絡を行う。

悟史を死に至らしめた病——ＡＬＳは特定疾患※だ。遺族に解剖を勧めることは大学病院の義務である。しかし、悲嘆に暮れる文雄と俊子を見てきたばかりの白石は迷っていた。悟史の遺体を解剖することで、二人にさらなる苦痛を与えることになるのではないかと考えると、解剖の承諾を求めるのは気が重い。

　藍沢が白石に声をかけた。

「何をためらってる」

「ご両親に、このうえ……」

「もし俺が田沢さんなら……解剖を希望する」

　ナースステーションから出ていく藍沢を、白石は無言のまま見送った。

　昨日から入院していた未来の容態が急変した。ＣＴで発見された脳内の血腫が大きくなり、左半身に麻痺が出てきたのだ。脳外科の西条の執刀のもと、緊急オペが行われることになった。藍沢もそのフォローに入る。

　ストレッチャーに乗せられた未来がオペ室に運ばれていく。彼女がしっかりと抱きしめているのは、ぬいぐるみのジョンだ。オペに備えて、ナースがジョンを預かろうとした。だが、未来はジョンを離そうとしない。

オペ室の前に着いたとき、藍沢が未来の顔をのぞき込みながら言った。

「これからしばらく眠ってもらう。そうなると、ジョンも話し相手がいなくなってかわいそうだろ？　だから、先生のそばに置いておくよ」

少し考えてから、未来が藍沢に訊いた。

「でも……ジョンがいなくなったら、未来のそばには誰がいてくれるの？」

「先生がいる。先生が、ずっと未来の手を握ってるから」

藍沢の答えを聞いた未来が、満足そうに微笑み、こくりとうなずいた。抱いていたジョンを藍沢に手渡す未来。ジョンを大事そうに受け取った藍沢が、からっぽになった未来の右手を自分の手のひらで包み込む。藍沢に手を握られたまま、未来はオペ室の中へ入っていった。

※ **特定疾患**
原因不明、治療方法未確立で、後遺症の残るおそれの少なくない、いわゆる難病のうち、一応の診断基準があり、かつ難治度・重症度が高く、症例数が比較的少ないため、原因究明・治療法の開発に公費負担が必要と判断され、厚生労働省に特に指定されている病気。医療費の自己負担分の一部が国や地方自治体から助成される。

白石はカンファレンス室で、悟史の両親と向かい合っていた。両親の前には、死亡診断書が置かれている。遺された父と母は、息子の解剖所見を、一言も口をはさむことなく、ただうつむいて聞いていた。

俊子の漏らす嗚咽を聞きながら、白石が説明を終えた。

「……以上です。病理解剖にご協力いただき、ありがとうございました」

沈痛な表情のまま、何も答えない文雄と俊子に、白石が語りかける。

「この書類は単なる数字や文字ではないと思います。田沢さんの生きた証しであり、医師としての最後の仕事だったと思います。……田沢さんは、入院中、隣の患者を励ましてオペを決断させました。そして昨日も、冷静に医者として、自分の病に向き合おうとされました」

泣いていた俊子が、白石の顔を見る。その涙を心で受け止めて、白石は言葉を続けた。

「田沢さんは……最後まで医者でした。私には、とても……真似できません」

白石の言葉にこもる優しさと思いやりは、文雄と俊子の心に響いた。

「ありがとう。……でも……」と、文雄が言った。

「そんなに立派じゃなくても、よかったのになあ。……生きていてくれさえすれば、それだけでよかったのになあ……」

笑みを浮かべながらも、涙をこらえきれない文雄。それは、白石がこれまでに見たなかで、一番悲しい、そしてあたたかい泣き笑いだった。


夕陽に赤く染まったヘリポートで、藤川は操縦士の梶と並んでいた。思いあぐねたような顔で、藤川が重い口を開く。

「なんて声をかければいいんですかね、本当に悲しんでいる奴に……」

藤川の肩をぽんと叩いて、梶が答える。

「声なんか必要ねえよ。ただ、そばにいてやればいいんだ」

藤川がさらに何か言いかけたとき、ヘリポートに冴島がやってきた。不意をつかれたように動きを止めた藤川には顔も向けず、冴島は梶に声をかけた。

「すいません、器材の補充をさせてください」

ヘリに乗り込む冴島を見つめる藤川。ためらったのちに、彼は冴島に声をかけた。

「……田沢さん――」

背を向けたままの冴島が、藤川の言葉をさえぎった。

「いなくなりました。……私を必要としてくれる人は、もう……」

毅然とした口調だった。彼女がどんな表情をしているのか、背後にいる藤川にはうかがい知ることはできなかった。ひとつだけわかったのは、自分が今、彼女に言うべき言葉を何も持っていないということだった。


未来のオペは無事に終了した。彼女が目を覚ましたとき、ベッドのそばには藍沢と、それにジョンがいた。ジョンの腕には包帯が巻かれている。嬉しそうにそれを見つめる未来に、藍沢が優しく語りかけた。

「悪いところ、治しておいた。未来と一緒だな」

藍沢に手渡されたジョンをそっと抱きしめながら、未来が微笑んだ。

「おとなしくしていれば治るのも早い。ジョンも、未来もだ」

「うん。……よかったね、ジョン」と言って、未来がもう一度笑った。


数日後、悟史のお別れ会が催された。悟史の旅立ちをあたたかく見送ろう——参加者全員のそんな思いが、会場には溢れていた。父の文雄も母の俊子も、悟史の友人たちに囲まれて笑っている。たとえそれが……涙を懸命にこらえた笑顔だったとしても——。

悟史の思い出を明るく語る友人たち。湿っぽい話をする者はひとりもいない。それが彼らの悟史への愛情であり、彼の両親への心遣いだった。ときおり笑い声が起きる。

スピーチに耳を傾ける人々の中に、白石と緋山、そして冴島の姿もあった。やってきた俊子が、冴島に声をかける。

「はるかさんも、なんかしゃべって」

戸惑いながらもマイクの前に立った冴島は、訥々《とつとつ》と語り始めた。悟史と自分の間にあった出来事を、そして今も自分の胸にある思いを……。

冴島が受験に失敗したとき、笑って励ましてくれた悟史。いつも冴島を信じて、優しく見守ってくれた悟史。ときには喧嘩もし、一度は別れたこともある。それでも最後はいつも——悟史の笑顔が冴島を包んでくれた。

「……最後は、私の病院で亡くなりました。入院してからはずっと一緒でした。……ベッドサイドで二人でご飯も食べました。どんな場所で食べるよりも幸せでした」

そこまで語ったとき、冴島の瞳から涙が溢れ出た。悟史が死んだ直後から、ずっとこらえてきた涙だった。一度、堰が切れてしまえば、もう止めることはできない。

「……彼は、いつでも私の先を歩いていた。死ぬときまで。……彼は、私の光でした」

その頃、藍沢は病院で勤務中だった。

藍沢の乗っていたエレベータの扉が開き、乗り込んできた藤川が、藍沢に言った。

「行かなかったのか……」

「ああ、仕事だ」と返事する藍沢。なぜかきまり悪そうに顔をそむけながら藤川がぼやく。

「あ〜あ、たまんねえよな、田沢のやつ……。最後のときだってさ、あんなに人集まっちゃってさ。平日の夜中だってのに、どんだけ人望あんだよ。……俺なんか、たぶん誰も来ねえよ。おまけに……死んじゃってさ。……かなわねえよ、もう、絶対……」

黙って藤川の言葉を聞いていた藍沢が、真面目な顔で言った。

「そんなことないだろ。お前はみんなに好かれてる。……みんな来るよ」

藤川が藍沢を見る。藍沢の目はまっすぐに藤川へ向けられていた。

「……少なくとも、俺は行く」

思いがけない藍沢の言葉に、やっとのことで「そうか」とだけ答えた藤川の顔は……どこか嬉しそうだった。


ヘリポートから病院へ続く道を、白石と緋山が並んで歩いていた。二人から少し遅れて冴島が続く。スピーチで流した涙は、今も彼女の心の中に重たく残っている。

冴島を見る白石。だが、かけるべき言葉がない。

と、いきなり振り返った緋山がすたすたと冴島に近づき、その腕をとって歩き出した。

「ちょっと来て」

行く先にあったのは、待機中のドクターヘリだ。引っ張ってきた冴島をヘリのドクター席に強引に座らせてから、緋山はナース用のシートに腰かけた。

されるがままになりながらも、いぶかしげな目を向けてくる冴島に、緋山は言った。

「わかる？　そこは私の席。そこに座るとね、あなたの顔がよく見える。……その顔を見ると……私がどれだけ安心するか。……私だけじゃない。みんなそうだと思う」

ぶっきらぼうな口調の緋山。だが、その言葉には心がこもっていた。

「ここに座っててくれないと困るの。私がフライトでいい成績をあげるためにも」

二人の横には、いつの間にやってきたのか、白石の姿もあった。緋山に同意するように、白石が言葉を継いだ。

「必要なの、あなたは……。あなたも光なの。私たちの……」

無言のまま緋山と白石を見つめる冴島。その視線を、微笑みで受け止める二人。彼女たちの気持ちが伝わったことを、冴島の瞳は、はっきりと告げていた。

どんな言葉も、もう必要はなかった。

6

死期が迫った患者を前に、平然としていられる者はいない。それは患者の家族であっても、冷静であるべき医者であっても同じことだ。ましてや、その患者がまだ年端もいかない子供であればなおさらである。死の訪れを前にして、医者は改めて思い知らされることになる。

医術は魔法ではなく、医者は神ではないということを。

患者の脳波の形をみている西条のかたわらで、緋山は今、まさにそんな思いにとらわれていた。野上翼《のがみつばさ》はまだ6歳。頭、胸、腹、脚——いたるところに縫合のあとが残る体に、おびただしい数の管がつながれている。彼の命は、薬と機械によって、かろうじて維持されていた。

「臨床的脳死診断用紙」と印字された書類に目を落とした緋山が、動揺を押し隠しながら、横目で翼の母・直美《なおみ》を見やる。ぴくりとも動かない幼い子供を前にして、母親にも医者にも、できることは……もはや何もない。

藍沢は絹江の病室にいた。祖母と孫の間に流れる空気はひどく重苦しい。

その日の夕方、藍沢は非番を利用して、とあるマンションを訪れていた。彼が会いにいったのは――先日、絹江の病室で再会した父親……誠次だった。

マンション近くの道を並んで歩きながら、父と息子はぎこちない会話を交わした。藍沢には、訊かねばならないことがある。どんなに訊きにくくても、今、隣を歩く父に訊かなければいけないことが……。藍沢はその問いを口にした。

「母は……どうして死んだんですか?」

誠次の横顔に一瞬、緊張が走った。藍沢はさらに続ける。

「自殺だったんじゃないですか?」

しばしの沈黙を破って、誠次が大きく息をついた。

「……夏美は……お母さんは、雲を見るのが好きでさ。よくマンションの給水塔に登って、雲を見てた。……そういう子供のようなところのある人だった」

話の意図を読み取れずに、ただ黙って誠次を見つめる藍沢。誠次が言葉を継いだ。

「でも、その給水塔の柵は古くて折れやすかったんだ。お母さんは、その柵によりかかって……一階まで落ちた。……あれは、事故だった」

断定するような口調に違和感を覚えた藍沢は、誠次を問いただした。

「間違いないんですか？　そのときは離婚して家を出てたんじゃないですか」

誠次の答えは変わらない。「それでもわかる。柵は折れてた」

「……」

「わかる」

このとき、藍沢は理解した。父は、誠次は……このことについて語る気がないのだと。

それなら、この男と話をする意味もない。ちょうど目に入った喫茶店へ誘う父に、藍沢は冷たく応じた。

「別にあなたとお茶を飲みに来たわけじゃない。……失礼します」

去っていく藍沢は、父のほうを一度も振り返らなかった。


絹江が、おずおずと口を開いた。

「それで……どうだったんだい？」

どこかおびえているような、頼りなげな口調だ。病室の窓から外を見ていた藍沢は、振り返らずに言った。

「……事故だったんだろ？　あれは」

「ああ……」

絹江の声に安堵の響きが混じる。藍沢は祖母に背中を向けたまま言った。

「……嘘ばっかりだな。嘘をつくのが……家族なのか？」

祖母の返事を待たずに、藍沢は部屋を出ていった。

直美は物言わぬ息子の顔を見つめていた。ＩＣＵのベッドで、翼は今も眠り続けている。

手にしたＣＤプレーヤーのボタンを押して、翼の枕元へ置く直美。控えめなボリュームで、人気アニメのテーマ曲が流れてくる。軽やかなメロディに、母のささやきが混じった。

「ほら、翼、聞こえる？　翼の大好きな歌だよ……」

離れた場所にあるカウンターで書類に記入をしている西条と緋山のもとへ、ほかの患者をみていた橘がやってきた。翼のほうに目をやりながら「バイクに撥《は》ねられた子だな……」とつぶやく。

「臨床的脳死診断、終わりました……」と緋山。

西条が「脳死確定だ」と言って、ＩＣＵを出て行ったあと、目を伏せる緋山に橘が告げた。

「頼んだぞ」

「え……」と、言葉につまる緋山に、橘がさらに続ける。

「脳死の説明とＤＮＲオーダーの確認。……君がやるんだ」

「……」

初療室では、ヘリで搬送された患者への処置が始まっていた。内藤妙子《ないとうたえこ》という51歳の女性だ。目立った外傷はないものの、大量の吐血がみられる。静脈瘤破裂[※1]の可能性が高い。

外傷がないのも当然だった。妙子は先月、翔北病院の消化器科を受診していた。肝臓ガン——それも、もはや消化器科でも手の施しようのない、末期のガン患者だったのだ。

緋山の手には、ＤＮＲオーダーの用紙があった。そして、視線の先にあるのは、息子に大好きな曲を聞かせ続けている直美の姿だった。伝えなければならない。だが……そのための言葉が見つからない。緋山がためらっていると、逆に直美のほうから話しかけてきた。

「この歌……翼には聞こえているんですよね？」

言葉を探しながら、緋山が応じた。

「……五感の中では、聴覚が最後まで残るんです」

感情を抑えた口調で続ける緋山。

「聴性脳幹反応検査[※2]といって、音を聞かせて、脳幹、つまり脳の一番大事な部分に反応があるかどうかをみました。でも……」

いったん言葉を切ってから、勇気をふり絞るようにして緋山は続けた。

「翼くんには……その反応がありませんでした。つまり……もう何も聞こえていません」

直美の顔色がさっと変わった。

※1 静脈瘤
静脈の一部に血液がたまり、こぶ状にふくらんだもの。下肢をはじめ、さまざまな場所にできる。この場合は、肝硬変によって肝臓の血流が阻害され、肝臓内を通るはずの血液の一部が食道の静脈に流れ込んだために形成された、食道静脈瘤と考えられる。破裂すると、吐血・下血などの症状を起こす。

※2 聴性脳幹反応検査
聴覚神経への刺激によって起きる脳波の変化を測定する検査。意識状態や薬物などの影響を受けることが少なく、安定した結果が得られる。聴覚障害や脳幹障害の有無を調べることができ、脳死判定の検査法のひとつとしても用いられている。

「こうやって聞かせているのが無駄だっていうんですか」

逃げ出したくなるような気持ちにかられながら、それでも冷静を装って答える緋山。

「規定に従って、臨床的脳死診断も行いました。結果、すべてのデータが脳死であることを示しています。翼くんは、もう――」

「無駄だっていうんですか！　まだ心臓は動いてるじゃないの！」

つかみかからんばかりの勢いで、緋山に向かって声を荒らげる直美に、今、これ以上のことを伝えるのは不可能だった。


妙子の処置がひとまず終わり、彼女はＨＣＵに搬送されていた。小さなスナックを営む妙子は、高校生の息子と二人暮らしだった。そしてその息子には、彼女が末期ガンを患っていることを伝えていないのだという。

「今、ちょうど受験なの。だから余計な心配かけたくないのよ」

付き添っていた藍沢と白石に、そう話す妙子。驚く二人に、妙子は相好を崩しながら続ける。

「私に似ずにね、頭がいいの。全国模試っていうの？　あれで九番に入ったんだから。でもね、東大じゃなくて京大を受けるんだって。理科系はあっちのほうがいいって。頭のいい子の考えはわかんないわ」

息子の自慢話をやめようとしない妙子に、藍沢が告げる。

「ほかに身寄りがないなら、息子さんに黙っておくわけにはいきません」

「いやよ。息子に言ったら訴えるからね」

白石が口をはさもうとした、ちょうどそのとき、妙子の息子・芳雄《よしお》が、冴島に伴われて部屋へ入ってきた。

息子の顔を見た途端に「よしくん!」と、朗らかな笑みを浮かべる妙子。「いい男でしょ」と藍沢と白石に同意を求めるように言う。

対する芳雄はどこか冷ややかだ。

「これ、パジャマと着替え、それに洗面用具。しばらく入院するんだろ?」

「まあ、大丈夫なんだけどね、ほら、お医者さんってさ、オーバーに言うから」

まるで軽い風邪にでもかかったように言って笑ってから、ふと気づいたように妙子が声のトーンを上げた。

「あんた、今日、受験だったはずでしょ!? 大丈夫なの!?」

「もうすんだよ。今日のは滑り止めだから問題ないし」

芳雄の声は無機的だ。母と息子のどこか不思議な会話に、藍沢も白石も口をはさむタイミングを失っていた。

白石と藍沢がＨＣＵを出て、廊下を歩いていたとき、白石のＰＨＳが着信を告げた。画面に表示されていたのは「田所部長」の文字だった。

部長室で白石を待っていたのは、田所と、そして、もうひとりの男性だった。

「……！」

その顔を見て、思わず立ち尽くした白石に、田所が声をかける。

「さっきお見えになったんだ。講演会で近くまで来られたそうだよ」

田所のかたわらで白石を出迎えた男性は、彼女の父親・白石博文《ひろふみ》だった。博文は、田所とは古い知り合いだ。田所を訪れてきても不思議はない。だが今日ここにやってきたのが田所と旧交をあたためるためではないことは、白石にもすぐにわかった。あからさまな警戒の視線を向けてくる娘に対して、父親がおもむろに口を開いた。

「東都《とうと》大学の循環器外科だ」

「……え？」

「フェローを修了した暁には、東都大に行くんだ」

有無を言わせぬ口調だった。白石の瞳の中に、反発の光が宿る。

「白石先生、お父さんは先生のためを思われてね――」

とりなそうとした田所の言葉をさえぎって、白石が声を荒らげた。

「わざわざそれを言いに来たの？　おかしいよ。なんで勝手に決めるわけ？　一言の相談もなしに。自分の進路は自分で決める。子供じゃないのよ、もう」

娘の反発に遭い、思わず口ごもる博文。

「いや、私は、お前が心配で……」

だが白石は聞く耳をもたない。

「お父さん、本当に変わった。前はそんなじゃなかった。心配？　結局、自分の好きにしたいだけでしょ？」

「いや、そうじゃない――」と言いかけた父を厳しい目つきで一瞥してから、白石は田所に向き直った。

「すみません、お騒がせしました。……失礼します」

一礼して出ていった白石の背中には、はっきりと拒絶の意思があらわれていた。


芳雄はカンファレンス室へ呼ばれていた。藍沢と、部長室から戻ったばかりの白石が、ガンであることは伏せつつ、妙子の病状を芳雄に説明していく。静脈瘤の破裂が吐血の原因だと聞かされても、芳雄はひどく冷静だった。特に心配したふうもなく「そうですか」とだけ言って、ふっとため息をつくだけだ。思わずいぶかしげな視線を向けた藍沢に、芳雄が言う。

「あれだけ暴飲暴食してたら、体だって壊すでしょ」

「でも、お母さん、スナックをやってらっしゃるんでしょう？　そのおかげで、あなたも学校に行けるんじゃない？」

そう言った白石の言葉には、どこかとがめるような響きがあった。だが芳雄は意に介さない。

「向こうも僕が自慢なんです。もちつもたれつってやつでしょう」

藍沢の視線が、ふと芳雄の手元に注がれる。そこにあったのは、医学部の入試過去問題集だった。

「医学部志望なのか？」

「ええ、一応」

「そのこと、お母さんは……？」

尋ねる白石にかぶりを振って、「うちの母親はバカなんで、自慢さえできりゃあ何でもいいんですよ」と答える芳雄。どこか揶揄するような言い方で、そこにいない母について語る。

「……昔から嘘ばっかりなんですよ、あの人は。……友達と旅行に行くとか言って、ホントは全部、男。貢いで、借金して、捨てられて、やけになって……その繰り返し。悪いけど、最低の人生です。俺は……ああはならない」

「嘘」という言葉に、藍沢の胸がちくりと反応する。

「もう、あの人の嘘には慣れました。……まあ、お互いにそんなもんだと割り切っていれば、けっこういい関係です、これも」

何も言葉を返せないまま、藍沢は芳雄の言葉を聞いていた。

妙子の病状が急変した。またもや大量の吐血……静脈瘤の再出血だった。

ストレッチャーで運ばれる間も、彼女の口からは真っ赤な鮮血が流れていた。苦しげにうめきながら、妙子が何事か言おうとして、搬送している藍沢の手首を握った。赤く染まった口元から、荒い呼吸に混じって、妙子の言葉が聞こえる。

「……言わないで、お願いだから……芳雄には……」

緊急処置を受け、なんとか容態の落ち着いた妙子が、病室のベッドで意識を取り戻した。横に立っていたのは、白石だった。

妙子にそっと声をかける白石。「気分はどうですか?」

「うん……まあ」と応じる妙子は、さすがに悄然《しょうぜん》としていた。彼女の瞳を見ながら、白石はゆっくりと、静かに語りかけた。

「内藤さん。息子さんを思う気持ちはわかります。迷惑をかけたくないというのも。わかるからこそ、私もはっきり言います」

そこで言葉を切って、白石は改めて妙子の顔を見つめる。妙子もその視線を受け止め、黙って次の言葉を待っていた。深呼吸をしてから、白石は言葉を継いだ。

「内藤さんのガンは肝臓のほとんどを占めていて、転移もあります。肝不全になれば意識障害も出てくるでしょう。……つまり……息子さんのことも、わからなくなるかもしれないんですよ。……今、真実を話さないと、二度と伝えられなくなる可能性だってあります。……それでも、いいんですか?」

「……」

白石が妙子と向き合っている頃、カンファレンス室には芳雄と、そして藍沢がいた。

翌日は本命の大学の入試があるため、今日中に京都に行かなければならないという芳雄は、寸暇を惜しむように参考書を広げている。

「あと三〇分くらいで帰らないといけないんで、手短にお願いできますか?」

「わかった」とうなずいた藍沢が、率直に芳雄に告げる。

「お母さんが胃潰瘍だと言ってるのは嘘だ。本当は肝臓ガンだ。肝硬変も末期の状態で、その影響で静脈瘤の破裂を繰り返している。……もう長くない」

芳雄が藍沢を見る。藍沢も芳雄の顔を見返す。藍沢が続けた。

「嘘ばっかりだと、君は言った。確かに、家族といえども嘘はつく。だけど……嘘をつくのは、それなりの理由があるからじゃないか」

感情の読み取れない顔で藍沢を見ていた芳雄の眉が、一瞬ぴくりと動いた。視線を外さないまま、藍沢がさらに言う。

「心を許せばそのぶん、傷つくことも多い。だから人は心を閉ざす。そうやって自分を守る。でも……少なくとも今はそんな場合じゃない。……お母さんと話し合うべきだ」

室内を沈黙が支配した。深いため息をついて、その沈黙を破ったのは芳雄だった。

「……知ってますよ」

藍沢は芳雄を凝視した。芳雄が言葉を続ける。

「ずっと近くで見てきたんです。ただの胃潰瘍じゃないことぐらい、わかります。……でも、本人が隠そうとしてるんでしょ? だったら……信じてるふりをしてやったほうがいいでしょ。……ずっとそうやってきましたから、僕は。子供の頃から」

芳雄の言葉は、ほとんどひとりごとのようだった。藍沢は黙ったまま、その言葉に耳を傾けていた。と、芳雄が小さく笑った。

「まったく……嘘をつくならもう少しうまくつけよって……子供の頃から、ずっと思ってました。あの人……ほんとバカだから……」

芳雄の笑みが不意に消え、瞳に悲しみの色が浮かんだ。初めて見せる表情だった。

「……あと、どれくらいなんですか？」

まっすぐに自分へ向けられた視線を、藍沢は真正面から受け止めた。精一杯の誠意をこめて答える。

「……もって二カ月。このまま亡くなる可能性も高い」

芳雄の返事は、なかった……。


ＩＣＵで眠り続ける翼のかたわらに緋山が座っていた。パチリパチリ……という乾いた音が断続的に聞こえる。緋山は翼の足の爪を切っていた。

背後に人の気配を感じて、緋山が振り返る。立っていたのは直美だった。緋山は、申し訳なさそうに言った。

「すみません。私も、翼くんに何かしてあげられたら……と思って。……だけど、お母さんのほうが、もっとそう思ってらっしゃるんですよね……」

爪切りを、そっと直美に差し出す緋山。少しうなずいて、それを受け取る直美。

母親が息子の爪を切り始めた。小さく流れるアニメの主題歌を聞きながら、緋山は黙って見ている。彼女はまだ、直美にDNRオーダーのことを話せていない。

やがて——爪を切り終えた直美が、息子の脚を優しく撫でた。そして、緋山に爪切りを返しながら言った。

「ありがとう……先生」

「……いえ……」と短く応じた緋山に向けて、直美の言葉は続く。

「昨日は、取り乱してすみませんでした」

無言のまま、小さくかぶりを振る緋山。息子の顔をじっと見ながら、直美が尋ねた。

「翼は……本当に、もう目を開けることはないんですか?」

直美を見つめる緋山。

今なら伝えられるかもしれない……。

いや、今、伝えなければならない……。

緋山は静かに語り始めた。

「一〇日前、ここへ運び込まれたとき、翼くんは多発外傷でした。脳挫傷[※1]、心破裂、腎損傷、下腿開放骨折[※2]。脳外科医が減圧開頭[※3]し、心臓外科医が破れた心臓を縫い、救命医が腹腔内《ふくくうない》出血を止血しました。三日にわたって一二人の医師が携わり……合計一一時間のオペでした。……全員、死力を尽くしたつもりです。その結果……負けました」

緋山が翼に目を向けた。体中につながったチューブ。その先にある数々の医療機器が、彼の小さな命をかろうじて維持している。緋山がゆっくり視線を戻すと、直美もまた、眠り続ける息子の顔を見つめていた。

「無力で、すみません……」

深々と頭を下げる緋山。直美の嗚咽する声が聞こえてくる。緋山はさらに懸命に言葉を紡ぐ。

「臨床的な脳死診断を、当院の脳外科医とともに慎重に行いました。そして……翼くんが脳死状態であることが確認されました。薬で心臓は動かしていますが、でも、もう生きてはいないんです」

涙をたたえながら、直美が緋山を見る。

緋山は、手にした翼のカルテを開いた。「ＤＮＲ」と記された紙片が見える。

「あと数時間で、その薬も効かなくなります。……翼くんは、もう充分頑張ったんだと思います……」

涙に濡れた顔で、息子を見つめる直美。アニメソングだけが静かに流れている。

「……そう。頑張ってくれたんだね、翼……」

直美がそっとつぶやいた。

「ありがとう。……バイバイだね、もう……翼――」

そう息子に語りかける声は、どこまでも静かで、どこまでも穏やかで、そして、どこまでも悲しげだった。

直美の手が翼の枕元へ伸び、ＣＤプレーヤーのスイッチを切った。軽快な調べが、す

※1 **脳挫傷**
頭部に強い衝撃が加わったために、脳の組織が頭蓋骨の内壁にぶつかって損傷を受けた状態。

※2 **開放骨折**
折れた骨が皮膚を突き破って、外に露出している状態の骨折。傷口から細菌が侵入して感染を起こす危険性が高い。

※3 **減圧開頭**
脳の腫れや出血などにより、脳の組織が圧迫されて、生命の危機に陥るのを防ぐために、頭蓋骨の一部を外して、頭蓋骨内部の圧力を下げること。

うっと消える。

緋山は、取り出しかけたＤＮＲオーダーシートを、考えてから元に戻して、カルテを閉じた。涙をこらえて直美に尋ねる。

「……どうされたいですか？」

直美が、ふり絞るような声で答えた。

「抱きしめたい……。抱きしめてやりたいです……この手で」

いつの間にか近くに来ていた冴島が、小声で「※昇圧剤が切れます。追加しますか？」と緋山に訊いた。かすかに首を振る緋山。

翼の心拍数を示すモニターの数値が、徐々に落ちていく。翼の人工呼吸器を静かに取り外すと、緋山は直美に伝えた。「抱いてあげてください」

直美が、息子の体を強く、強く抱きしめる。

「よく頑張ったね……ごめんね、母さん、翼を守ってあげられなかった……」

幼い我が子を抱く母の姿を、緋山はじっと見守っていた。音楽の代わりに、今、室内に響いているのは――必死に堪えても、なお唇から溢れだす母の嗚咽《おえつ》だけだった。

妙子はＨＣＵのベッドに横たわり、たくさんのチューブで、さまざまな機器とつながれていた。彼女のかたわらには、藍沢と白石、そして芳雄の姿がある。

「……ごめんね、よしくん」とつぶやいた妙子の顔からは、生気がほとんど感じられなかった。いつもの彼女とは明らかに様子が違う。芳雄もさすがに戸惑いを隠せないらしく、無言で母の顔を見つめるばかりだ。

「受験で大変なときにこんなになっちゃって、ホントにごめん……」

母と息子は、互いの顔を見交わした。妙子は、何かを言おう言おうとしている。

ようやく意を決して口を開いた彼女は、自分をじっと見ている息子に告げた。

「私さ、ちょっと悪化しちゃったんだって……胃潰瘍が……」

芳雄の顔に驚きの色が走る。藍沢と白石もまた、妙子の言葉を耳にして、思わず目を見開いた。

この期に及んでも、なお、この人は——嘘をつき通そうとしているのだ。息子に心配をかけたくないという、ただその思いだけで……！

返す言葉もなく妙子を見つめる芳雄に向かい、少し笑って、彼女はさらに言った。

「でも、たいしたことないって。だからさ、早く受験に行ってきて。ぱっぱと治しとく

※ **昇圧剤**
血圧を一時的に上げる薬。循環血液が足りているにもかかわらず、血圧が異常に低い場合などに用いられる。

からさ、あんたの試験中に……」

なおも無言のまま、動こうとしない芳雄をせかすように、妙子が陽気な口調で続ける。

「行っといで。間に合わないよ」

芳雄が母から視線を外した。そして答えた。

「……わかった。行ってくるよ」

彼は決意したのだ。母の最大の嘘——おそらく生涯最後になるであろう嘘に、とことんつきあうことを……。

「頑張るんだよ。母さん、祈ってるからね」

「……何言ってんだよ。楽勝だよ、こんなもん……」

「そうか。ははは……」と笑顔の妙子。

「合格発表は一カ月後だ。また自慢できるな。……四月の入学式にも呼んでやるよ」

「ホント？　楽しみだね。……ああ、服を買っとかなきゃ」

「それで、六年後には医者になる。そしたら、また自慢だ」

「お医者さんになるの？　嬉しいねえ」

「東京に戻ったら開業する。店のすぐ近くで。……そしたら一生、自慢できるな」

「ああ、そうなったらいいねえ……」

「なったらじゃないよ。なるんだよ。知ってるだろ、俺の頭」

芳雄は、この会話が終わるのを怖れているかのように語り続ける。

「店の客、全部診察してやるよ。タダで」

「ああ……鼻が高いねえ」

息子の言葉に何度もうなずきながら、妙子が幸せそうに顔をほころばせた。

「ずっと……ずっと自慢させてやる。これから先も……ずうっとな。……だから――」

芳雄の言葉が、そこでとぎれた。喉の奥につかえたものを絞り出すように、彼はその続きをようやく口にした。

「生きてろよ」

「……」

「戻ってくるまで……生きてろよ」

「ああ……」

「たまには守れよ、約束……」

「頑張ってみるよ……」

母と息子の間で交わされた、「嘘」だらけの会話を聞いて、藍沢は胸の中に淀んでいた思いが溶け出していくのを感じた。俺はこの高校生よりも幼く、そして愚かだったのかもしれない。嘘には、隠し事には……訳があるのだ……。

一緒に聞いていた白石もまた、自分は間違っていたかもしれないと思い始めていた。人の言動には必ず理由がある。彼女の脳裏に浮かんでいたのは、父のことだった。

翌日の夜――

翔北病院にほど近い場所で、とある講演会が開催されていた。入口に掲げられた看板に、講演のテーマと講師の名前が大きく記されている。

「心臓内科の技術革新と未来　明邦医科大学病院　心臓内科　白石博文」

聴衆の中には、生真面目な顔を壇上へ向ける白石の姿があった。


講演が終了したあと、会場の片隅で、白石は父と向かい合っていた。娘の進路を勝手に決めようとすることに、頭ごなしに反発するのではなく、その理由を、真意を、率直に尋ねてみるつもりだった。

「いいから言うとおりにしなさい。東都大の循環器科に行けばいいんだ！」

娘の問いかけにまともに答えることなく、ただそれだけ言うと、博文は立ち去ろうとした。その様子は、まるでとりつく島もないように見えた。

だが――博文の足はすぐに止まった。そしてゆっくりと娘のもとへ戻ってきた。

戸惑う娘に、父は微笑んで語りかけた。

「……やっぱり、無理だな。……お前に嫌われたままじゃ……やりきれないよ」

そう言って、博文は鞄の中から一枚の紙片を取り出し、娘に渡した。

その紙に、白石が視線を落とす。

「⁉」

そこに書かれた文字を見て、彼女の顔がさっと蒼ざめた。こわばった表情をあらわにする娘に対し、穏やかな笑みを消さずに口を開く父。

「生検[※1]の結果だ。……肺ガンの、ステージ[※2]Ⅳだ」

父と娘の二人が向き合っている。言葉もなく、互いの顔から目をそらすこともなく——。

ほかには誰もいない。二人の黒い影が、足元から長く伸びているだけだった。

※1 生検
「生体（組織）検査」の略。メスや針などを使って患部の組織を採取し、顕微鏡などで調べる検査。主として病気の正確な診断、治療方法の決定、経過の予測のために行われる。

※2 ステージ
ガンの進行度を表す分類。病期ともいう。通常Ⅰ～Ⅳの段階があり、Ⅰは早期、Ⅳは末期をあらわす。

7

藤川は携帯電話を耳に当てていた。留守番電話の無愛想なメッセージが聞こえてくる。

「冴島です。ただ今電話に出ることができません……」

もう何度目だろうか、彼のコールに冴島が直接応じてくれたことはない。藤川は携帯電話を切り、大きなため息をつきながら天を仰いだ。

メリージェーン洋子こと大山恒夫が経営するスナック「すれちがい」は、この夜、四人の客に占拠されていた。翔北病院の若きフェローたち——白石、緋山、藤川、それに藍沢だ。

大山がカウンターの内側から、藤川と緋山に声をかけてきた。

「ちょっと、なんとかしなさいよ、あれ！」

藤川と緋山が肩をすくめて、カウンターの端に目をやる。それが合図のように、カウンターに突っ伏していた白石がむくりと上体を起こし、大山に向かってグラスを高々と掲げた。「酒……酒！」

目がすわっている。

「もう一週間経つんだろ？　ずっとあんな調子？」と藤川が緋山に訊く。緋山がうなずいた。

「何があったんだろう、お父さんと……」

あの夜、講演会の会場で父と会ってから、白石の心は乱れていた。そう、末期の肺ガンであると告白されてから、ずっと――。

「……この病気になった以上、いつ診療の最前線から離脱を余儀なくされるかわからない。急にそうなって患者に迷惑をかけるよりも、私は後輩の育成にあたることを選んだ。講演活動もそのひとつだ」

父の表情は、このうえなく真摯なものだった。かつて白石が憧れ、尊敬してやまなかった医師の顔が、確かにそこにあった。その言葉は説得力と迫力に満ちていた。白石はその気迫にのまれたように、黙って父の言葉に耳を傾けた。

「私も……私なりに、最後まで医者であろうとしているんだ。わかってくれ」

白石の受けた衝撃は大きかった。父の病気を知ったためだけではない。彼が強い信念と覚悟をもって、医師としての本分を全うしようとしていたにもかかわらず、自分はただ表面だけを見て浅薄な判断を下し、父としても医師としても多大な敬意を払うべきこの人に、ひどい言葉を吐いた。そして、娘を傷つけまいと真実を隠していた父の気持ちを無にしてしまったのだ。

白石は自分の言動を、心から後悔していた。


己れの未熟さと愚かさに対する苦い思いを、酒で紛らわそうとする白石。そして、カウンターのもう一方の端には、藍沢が陣取っていた。手にしたグラスのウォッカを飲み干すと、怒ったような顔で、からになったグラスをはじく。

「はい、はい、はい、お代わりね」とウォッカのボトルを用意しながら、大山が藤川と緋山に小声でぼやいた。

「……ったく、こっちはこっちで何なのよ。ちょっとイイ男だと思ったら、口もきかずに飲んでばっかり……」


藍沢もまた、整理のつかない悩みを抱えていた。その原因は、誠次から託された一通の古い手紙だった。封筒の表に記された受取人の名は「藍沢誠次」、そして裏にしたためられた差出人の名は——亡き母親、「桐原《きりはら》夏美」。消印の日付は、夏美が亡くなる前の日のものだった。


「お久しぶりです。お元気ですか。

このたびの突然のこと、あなたにも多大な迷惑をかけることになり、本当に申し訳なく思います。でも、こうするよりしかたありませんでした。

あなたとの四年にわたる結婚生活が、私の人生にとってプラスだったのかマイナスだったのかは、今も正直言って判断できないでいます。

ひとつだけ言えるのは……耕作は悪くありません。

今はただ、お互い未熟だった二人が、子供をつくってしまったこと……そのことにただただ自責の念を感じるばかりです。

ごめんなさい。さようなら。

桐原　夏美」


この手紙が真に意味するところ——母が何を思い、何を父に伝えようとしたのか、そして、その父が今、何を考えてこれを自分に託したのか——は、藍沢にはわからない。

母の死、いや、自殺の原因は……自分なのか……?

白石と同じく、藍沢もまた、今は酒に逃げ場を求めていた。

白石がおぼつかない足取りで藤川と緋山のもとへやってきた。あいかわらず目がすわっている。グラスを手に、二人にからむ白石。

「ね、あんたたち、幸せ？」と、二人に顔を近づける。返答に困った緋山が「まあ、ぼちぼち……」と応じかけると、白石は声を張り上げた。

「はあ⁉　幸せなの〜⁉」

これ以上からまれてはたまらないとばかり、緋山があわてて否定する。

「すみません！　幸せじゃないです！　不幸です！」

「あ、不幸〜？　ふ〜ん。あんたは？」

「不幸です。すっごい不幸」と藤川も逆らわない。

答えに満足したのか、白石はけらけら笑って、今度は藍沢のほうへ近づいていく。

「藍沢〜！」と肩に手を回す白石。無視してウォッカをあおる彼に向かって言葉を続ける。

「クールだねえ、あいかわらず。なに？　不幸なの？　いいねえ、私も不幸。不幸でいいかなあ？　……いいとも〜！」

「今の……ギャグかよ？」と、横目で見ながらあきれたようにつぶやく藤川。

「勉強ばっかしてたから……」と、緋山が応じる。大山も、カウンターの中から「かわいそうな子なのよ……」と、しみじみ言った。

三人の嘆息など、今の白石の耳には入らない。

「はっはっは！　飲もう、藍沢！　飲もうよ、パアッと！」

やけくそのように笑いながらグラスをあける白石。その横で、藍沢も無表情のまま、飲み続けている。

酒は本当は逃げ場になどなってくれない。そのことを充分わかっていても、人間という未熟な生き物には、酒にしか救いを求められないときがある。今の白石と藍沢が、まさしくそんな状態だった。常に冷静沈着であるべき医者もまた、未熟な生き物なのだ……。


翌日――ドクターヘリの医療器材の準備をしていた冴島は、思い立ったように手をとめて、携帯電話を耳に当てた。

「……俺です。今日は準夜勤か。電話は当分出られないんだな……」

再生される過去の録音メッセージ。今はもういない悟史の、懐かしい声が蘇る。まるで悟史が今もここに、自分のすぐそばにいるかのように……。彼が逝ってしまってから、何度、再生を繰り返したことだろう。聞き終わったあとには、虚しさと悲しさしか残らないとわかっているのに……。

「おはよう」という声で、冴島は我に返った。声の主は藤川だった。急いで携帯電話をしまいながら、「おはようございます」と返す冴島。

「ごめん、電話だった？　いや、昨日さ、あとから店に来るかな……って思って、待ってたんだけどさ。ははは……」

明るい口調で話しかけてくる藤川。その明るさが冴島にはむしろ重苦しくさえある。

「すいません、忙しかったので……」とだけ言って、冴島はそそくさとその場を去る。

その後ろ姿を複雑な表情で見送る藤川。

冴島がサテンスキー鉗子※をバッグに入れ忘れたことに、彼女も、藤川も気づかなかった。


救命センターには朝も夜も関係がない。急患は、担当医の体調や精神状態の如何を問わずに入ってくる。医師が前夜、いかに深酒をしていようとも……だ。この朝の白石は少し後悔していた。頭の奥のほうに鈍い痛みが残っている。さすがに飲み過ぎだったかもしれない。それから、しゃべりすぎだったかも――。

藍沢と並んで何杯もグラスをからにしながら、しゃべらなくてもいいことまでしゃべってしまった気がする。そう、悩みの源、父の病気のことを。もっとも、しゃべりすぎは藍沢も同様だったかもしれない。あの無口な藍沢が、珍しく悩みを打ち明けたのだ。むろん酒の力によるものだったのだろう。今朝の緋山の話では、藍沢は昨夜のことを何も覚えていないらしい。だとしたら……なかったことにしておきたい、白石はそう思っていた。

この日最初のドクターヘリ出動要請は、登山中に落石事故に遭遇した夫婦のためのものだった。男性が全身打撲の重傷を負って、現在、山小屋に収容されているという。

緋山と橘が出動しようとしたとき、息子の翼を先日、ここで亡くしたばかりの野上直美と、その兄の明彦《あきひこ》が、救命センターに現れた。

明彦は、誰の目にもわかる怒りの表情を浮かべていた。どこか居心地の悪そうな直美が、伏し目がちにその後ろに立っている。

※ **サテンスキー鉗子**
血管を遮断し、止血するために用いられる鉗子の一種。

「翼の担当医だな」と、明彦が緋山の顔を見すえた。

「そうですけど……何か……」

その瞬間、明彦の怒鳴り声が響いた。

「何かじゃない！　この人殺しが！」


医療過誤は、絶対にあってはならないことであると同時に、それでもけっしてなくなることのない、病院や医師にとって最も忌むべき事象である。明彦は甥の翼の死を、緋山の医療過誤であると断じ、それを糾弾するべく翔北病院を訪れたのだ。

翼の死に際して、緋山は可能な限りの誠意を直美に示したつもりだった。いや、つもりという言い方は酷だろう。実際に彼女は精一杯、自分にできることをしたのだ。翼の状態をこまかく説明し、今後どれだけの技術と努力を尽くしても回復する見込みはないことを伝え、翼はもう充分頑張ったと話して、直美にどうしたいかを尋ねた。そして、直美は緋山のその問いに、息子を「抱きしめたい」と答えることで、翼の生命を維持してきた人工呼吸器を外すことに同意を示したはずだった。

しかし――

そこに、絶対はまってはならない落とし穴が、犯してはならない過ちが存在した。緋山は直美から、ＤＮＲオーダーシート――延命処置についての意志表示の書類に署名をもらっていなかったのだ。

翼の死を聞いて駆けつけた明彦は、その事実を問題視した。家族の正式な同意なしに患者を死に至らしめるのは、確かに彼の言うとおり「医療過誤」、ひいては「殺人」と呼ばれてもしかたのないことだった。いかなる理由があろうとも、同意書が存在しないという点においては、誰も緋山をかばうことはできないのだ。

まずは事実確認を――という病院側の言葉は、火に油を注ぐように明彦の怒りを強め、彼の態度をより硬化させた。

「離婚して独り身の妹を甘くみてるとしか思えない！」

甥を若い未熟な医者のいい加減な対応で殺された……と、明彦は憎悪の念を隠さずに言った。医療過誤があったという事実の公表と正式な謝罪、及び緋山の処分――それが彼の要求だった。「それがない限り、出るところに出る」と言い残して、怒りを鎮めることのないまま、明彦は直美とともに帰っていった。

橘と緋山の代わりにドクターヘリで現場へ向かったのは、藍沢と白石だった。同行の看護師は冴島である。藍沢と白石に、もはや深酒の名残りはない。その原因となった悩みも、今は胸の奥底へしまい込まれていた。

山小屋には、血まみれの初老の男性、根本泰造《ねもとたいぞう》がいた。かたわらでは妻の房代《ふさよ》がおろおろしている。泰造は妻をかばって落石の直撃を受け、胸部に大きなダメージを負ったのだ。胸腔ドレナージをしても、血圧とSpO_2が上がらない。止血のために開胸すると、泰造の負傷が予想以上に重篤であることがわかった。肺門部※を遮断して、流れ続ける血を止めようと試みる藍沢。そのために必要なサテンスキー鉗子を冴島に要求したとき、医療器具の入ったバッグを探っていた冴島の顔が、みるみる蒼ざめた。

「ありません……！」

「ないって……。サテンスキーがなければ遮断できないぞ」

冴島から日頃の冷静さがすっかり消えている。「すみません……」とつぶやいたその声は、動揺で震えていた。

サテンスキー鉗子を使わない止血方法を求めて、翔北病院へ連絡をとった藍沢と白石は、森本の助言で、これまで経験したことのないハイラーツイストという処置を試みた。肺を両手で持って一八〇度ねじることで、空気と血流を止めるのである。泰造の体からはすでに大量の血液が失われている。少しでも早く止血して、病院に搬送しなければ命はない。

時間との勝負だ……。

その頃、翔北病院の会議室では、緋山の医療過誤疑惑に関する緊急の話し合いが行われていた。出席者は緋山、橘、田所、副院長の岡崎《おかざき》、それに事務長の春日部《かすかべ》と弁護士の相馬《そうま》だった。

なぜ同意書をとらずに延命処置をやめたのか——相馬にそう問いただされた緋山は、「とる必要はないと思った」と偽りのない心情を述べた。彼女は信じていたのだ。患者の母親である直美との間に信頼関係を築けていると。だからこそ、あのとき人工呼吸器を外したのは合意のうえだったと考え、それを微塵も疑ってはいなかった。だが現在の状況をみれば、それは彼女のひとりよがり、独善的な思い込みだったと責められてもしかたがない。

春日部と相馬の意見は、「病院側として謝罪はしない」ということだった。仮にもこちらに非があると認めたら、緋山は殺人罪で裁かれてもおかしくない。病院の社会的・道義的責任も多大なものになる。あくまでも徹底抗戦するよりほかに道はないのだ。

※ **肺門**
肺の内側の、気管支・肺動脈・肺静脈などが出入りする部位。

岡崎副院長の同意のもと、当座の方針が固まり、話し合いは終わった。そして緋山に下されたのは、「この事件が一応の解決をみるまで、一切の診療に携わることを禁止。患者との接触や、診療エリアへの立ち入りも禁じる」という厳しい指示だった。

話し合いのあと、廊下で相馬をつかまえた田所は緋山を懸命に弁護した。

「緋山先生は、本当に熱意のある医者なんです」と、相馬に訴える田所。沈痛な面持ちを崩さないまま、相馬が田所に答える。

「そうかもしれません。……ただ、こういうことは結果がすべてなんです」

正論だった。医療の評価にプロセスは関係ない。治療の結果がどうだったのか——それだけが医者を評価する基準であり、材料なのである。その裏で払われた努力も働かせた創意も、結果の前には何の意味もない。

「患者の家族の一言が簡単に医者の息の根を止める。……私も不本意ですよ。こんなことで若い医者がキャリアを終えるというのは……」

相馬の言葉に嘘はないように思われた。彼の顔には、田所と同じ苦渋の色が浮かんでいた。

橘と三井が、廊下を並んで歩いていた。

三井は以前、「緋山は患者に入れ込みすぎだ」と指摘した橘に、「大丈夫よ。心配しないで」と言葉を返したことを思い出していた。眉間に深いしわを寄せながら「私のせいね……」と言う三井。そのつぶやきに橘が答える。

「……ああ、君のせいだ。下手したら緋山の医師生命は絶たれる。あのとき、君や緋山に、もっときつく言うべきだった。……いつかやると思っていたよ」

「彼女は悪い医者じゃないわ」と緋山をかばう三井の言葉を、「だからだよ」とさえぎる橘。

「いい医者だ。君に似ている。患者に起こったことを、自分のことのように考えられる。……だから、ダメなんだ」

三井の顔がこわばった。橘はさらに言う。

「いつだって患者、患者、患者！　君もそうだった。一緒にいると息がつまりそうだったよ。病院であったことをすべて家に持ち帰って……。俺は、気の休まるときがなかった。……君が妊婦と子供を死なせてしまったとき、思ったよ、ああ、やっぱりなって。……緋山と一緒だ。その熱意が、自分や周りを傷つけるんだ」

「あなたも昔はそうだった——」と三井が言いかけたとき、それに橘の声がかぶさった。

「だから、俺は強くなった！」

その一言に、三井は言葉を失った。

「緋山が医者を続けられなくなったら、君はどう責任をとるつもりだ？」

たかぶった心を抑えるように大きく息を吐くと、橘は足早にその場を去っていった。


山小屋では、藍沢、白石、そして冴島が、泰造の止血処置を終えようとしているところだった。癒着した部分をメスで切り離し、肺を半ば強引に持ち上げる。※1肺尖《はいせん》部が破れ、胸腔が新たな出血で溢れても、途中で処置を止めることはできない。一瞬ためらったのち、血まみれの肺を手にした藍沢が、それを一気にねじって出血を止めた。初めて経験するハイラーツイストだったが、今のところは成功している。開いた胸を縫合している暇はない。急遽《きゅうきょ》、※2ガーゼパッキングを行う藍沢と白石。この状態では、遅くとも三〇分以内に病院へ搬送する必要がある。

最も早く、そして安全な飛行ルートを探るべく、CSと連絡をとっていた梶が、藍沢と白石に声をかけた。

「一七分で着けるルートがある！　少し風は強いが……そのルートで飛ぼう」

梶の言葉にうなずいて、搬送の用意にかかる藍沢、白石、冴島。飛行準備を整えながら、梶は胸に手を当てた。彼が毎日身につけているお守りが、そこにはあった。

ヘリが帰還したとき、翔北病院では患者の受け入れ準備が完璧に整えられていた。すぐにでも執刀できる態勢の橘と三井が待つ初療室に、泰造を乗せたストレッチャーが運び込まれる。緊急手術が始まった。

患者を死から救うための、時間との闘い――その戦場は、事故現場からヘリの機内を経て、この初療室へと移動した。そして今、最後の闘いの火蓋が切られたのである。

役目を終えてカバーをかけられたヘリコプターが、赤い夕陽を浴びながら束の間の眠りにつこうとしていた。所在なげにヘリポートの柵によりかかった緋山が、それをぼんやりと眺めている。と……彼女の目の前に、すっと缶コーヒーが差し出された。

「こんなとこにいたら、風邪ひくよ」

※1 **肺尖**
肺の上端の、とがった部分。
※2 **ガーゼパッキング**
損傷部位に大量のガーゼを詰めて止血する処置。

白石が、いつの間にか緋山の隣に来ていた。

緋山がおもむろに口を開いた。

「あ～あ。こんなことなら同意書とっときゃよかった。……患者の家族なんて、信用するもんじゃないね。ほんっとバカみた」

自虐的な緋山の言葉と口調を、すべて包み込むように、白石が言った。

「……一番そう思ってないのが、あなたでしょ。翼くんのときも……最後の最後まで、可能性を探してた」

黙って自分を見つめる緋山に向かって、白石はゆっくりと続けた。

「脳死診断のときに一番つらかったのは、あなただった。……わかるよ……私は、見てたから……」

緋山が、唐突に話題を変えた。

「最初にね……『ありがとう』って言われたのは、ナースのかわりに点滴の針を入れたとき……。末期ガンのおばあちゃんだった。何度も点滴してるから、なかなか静脈がとれなくてね。でも、なんとか探して、針を入れたの。そしたら、『先生、上手ね。全然痛くないよ。ありがとう』って。……おばあちゃん、自分はもう体ボロボロなのに、そんなこと、新人の私に言ってくれた……」

白石は何も言わずに、ただ耳を傾けている。

「あの『ありがとう』だけは忘れちゃいけないって、ずっと、そう思ってやってきたつもりだった……」

ほんの一瞬、緋山の声が途切れた。

「なのに……今日、人殺しって、言われた……」

今にも泣きだしそうな、親とはぐれた迷子のように不安げな顔だった。

「……ちょっと、こたえた」

彼女の頬を、一筋の涙が伝う。白石は何も言わず、ただ緋山の背中をさすった。緋山が振り払っても、やめようとしない。その手のひらのあたたかさは、どんな励ましの言葉よりも、緋山の心にしみた。こらえきれずに、緋山は泣いた。

冴島がひとり乗っているエレベータの扉が、すっと開いた。そこにいたのは緋山だった。二人の目と目が合う。平静を装って、緋山がエレベータに乗り込んだ。そして、冴島のほうを見ずに言った。

「気にしないで。裁判になっても、証言とかしなくていいから」

エレベータがまた停止した。乗ってきたのは藍沢である。ドアが閉まると同時に、冴島が藍沢に声をかけた。

「……あの……さっきはすみませんでした」

冴島の顔に目をやりながら、藍沢が答える。

「……何が」

「……え？」

「根本さん、今は※バイタル安定してる」

怪訝そうな冴島の顔に、安堵の表情がかすかに浮かぶ。

「それでチャラだ。サテンスキーを忘れたことなんて関係ない」

「……」

藍沢は続けた。

「結果がすべて。今日のハイラーツイストだって同じだ。結果がよければ勇気ある決断と言われるし、悪ければ——」

藍沢の視線が、冴島から緋山のほうへ移った。

「……人殺しとののしられて、裁判にかけられる。そこまでの過程には誰も目を向けない。それが俺たちの仕事なんだ」

緋山が藍沢を見る。彼の瞳に浮かんでいたのは、ぶっきらぼうな物言いとは裏腹の優しさだった。

「俺は、それがよくて、この仕事を選んだ……はずだった」

藍沢の言葉が途切れた。彼の瞳は、今は誰も見ていなかった。自分の心にある何かを確かめるような言い方で、藍沢はもう一度、口を開いた。

「……何だろうな。ときどき、どうにも虚しくなる」


がらんとした初療室の片隅で、冴島はまた携帯電話を耳に当てていた。

「保存されたメッセージを聞くには——」という無機的なガイダンス音声に従ってボタンを押しかけたとき、「大丈夫?」と背後から声がした。驚いて振り返る冴島。話しかけたのは、藤川だった。

あわてて作業をしながら「大丈夫です」と取りつくろう冴島。と、藤川は彼女のその返事を穏やかに否定した。

※ **バイタル**
「バイタルサイン」の略。生命徴候。患者の全身状態を把握するための基本的情報となる、脈拍数(または心拍数)・呼吸数・血圧・体温などの指標の総称。

「大丈夫なわけねえよな、あんなことがあってさ」

今日の失態のことだと思い込んだ冴島が、「すみませんでした」と頭を下げると、藤川がかぶりを振った。

「いや……俺が言ってるのは、悟史さんのことだよ」

その名前を聞いて少し頬をひきつらせた冴島に、藤川は言葉を続けた。

「あんなことがあって、普通に仕事できるわけないっていうの。ナースだって人間だ。氷の女、冴島だって、人間だっつうの！」

「氷の女……？」

思わず繰り返す冴島。まるで冗談でも言うような、明るく軽い話し方だが、藤川がふざけてもいなければ、からかってもいないことは明らかだ。だからこそ彼女は、藤川の次の言葉を待った。

「……いや、その、つまりさ。誰だってミスはするってことだよ。俺なんかさ、何にもなくてもミスばっかりだぜ。いいんだよ、ミスしたって。医者やナースだって、つらいときはあるんだから！」

藤川の意図が、今は冴島にもはっきりと理解できた。彼は自分を——励まし、慰めようとしているのだ。

「……ありがとうございます」と、感謝の言葉が自然に口をついて出た。藤川の気持ちが素直に嬉しかった。

冴島の中で、自分でも気づかぬうちに、ほんのわずかだが、何かが変わろうとしていた。


翌日――。

半休をとった藍沢は、誠次のもとを訪れていた。

川沿いの柵によりかかって、目の前の小さな二階建てビルを見上げる藍沢。そのビルにある学習塾が、父の職場だった。

やがて、そのビルから出てきた人影が、自分に近づいてくるのが見えた。父だった。

川面を見おろすように並んで立つ藍沢と誠次。手にした缶コーヒーを誠次が一口飲んだ。彼の上着のポケットには同じコーヒーがもう一本入っている。藍沢に差し出して断られ、しかたなくそこへしまい込んだものだ。父と息子との間に流れる空気は、あいかわらず、ぎこちなかった。

誠次が口を開いた。

「ばあちゃんから、俺のことをなんて聞いてた？」

「死んだって聞いてました。家を出て、すぐ死んだって……」

何の感情も示さない息子の言葉に、父は自嘲《じちょう》的な笑みを浮かべた。

「そう言ってくれって、俺が頼んだんだよ」

「……病気だったんですか？　母は……」

「……精神的に、ちょっとね……」

不自然な間を何度も置きながら、誠次は夏美について、ぽつりぽつりと語り始めた。

「……俺やお母さんのいた研究の世界っていうのは厳しい世界でね。たとえ十年間研究してきたことでも、一日、いや、たった一時間でも先に発表されたら、すべてが無駄になってしまう。……結果がすべてなんだよ」

結果がすべて……つい最近、自分も口にした覚えのある言葉だ。それが今の藍沢には、どこかよそよそしく聞こえた。

「だから、子供を育てるなんて難しい世界でね。……でも、君ができたと知ったとき、俺やばあちゃんは手放しで喜んだ。……そして、お母さんも産むことを決めた。だけど出産のとき、※弛緩《しかん》出血が原因で子宮を摘出することになった。……その結果、お母さんは二度と子供を産めない体になった。バチが当たったって、お母さんは自分を責めた。

自分が、産むことを悩んだからだって……」

「それで病気に……」と、藍沢が思わず口をはさんだ。どこか曖昧にうなずいてから、誠次が続ける。

「俺の顔を見ると、お母さんも余計につらいんじゃないかって思ってね。それで、家を出た。……今にして思えば、勝手な理屈だけど。……だけど少しずつ元気になってるって、そう聞いていたんだ。その矢先……」

「……」

「すまない――」

無言のままの藍沢。ややあってから、誠次が続けた。

「もしかしたら、俺はあのとき……お母さんを妬んでいたのかもしれない」

「……え?」

藍沢には誠次の言葉を理解することができなかった。息子の動揺に気づかないまま、誠次はさらに言った。

※ **弛緩出血**
分娩終了後、子宮の筋肉の収縮が不充分な場合、胎盤がはがれた部分などの血管の断裂部が閉じないために起こる大量の出血。

「俺は落ちこぼれでね。俺のずっと前を歩くお母さんを、なんていうか、自分のとこに引き戻したかったっていうか……。もしかしたら子供を産むことで、俺のそばに来てくれるような、そんな気がしてたのかもしれない……」

それきり誠次は口をつぐんだ。からになったコーヒー缶を手の中でもてあそんでいる。

大きく息をついた藍沢は、預かっていた手紙を取り出して誠次に渡した。

「本当のことを話してくれて、ありがとうございます」

手紙を受け取った誠次が、藍沢を見返した。息子の胸の内を探るような目をしている。

「……俺は、あなたが生きていると知ったとき、驚いたけど、でも特別な感情はありませんでした。別にいまさらって感じだった」

「……」

「だけど……今日、あなたのことを最低だと思いました」

藍沢が、父の顔を正面から見すえた。再会してから、彼がここまでしっかりと誠次を見つめたことはなかった。射抜くような視線で、明確な意思をもって父を断罪しようとしている。その目には、怒りが浮かび上がっていた。

「俺は今日、あなたのことを憎いとさえ思った。……こんなことなら、再会なんかしないほうがよかった」

藍沢の瞳の炎は、烈しく揺れ動いていた。強まる一方の怒りの炎は、いつしか彼の全身を包み込み、燃やし尽くそうとしている。

その炎の消し方は……藍沢自身にもわからなかった。

8

医療の現場に携わる者は、ほぼ例外なく超過勤務すれすれ、というより超過勤務そのもののシフトで仕事をしているといっていい。職場が救命救急センターであればなおさらだ。医師やナースの都合に合わせて運び込まれてくる急患などいないのだ。

そんな環境に身を置いていれば、労働者の基本的な権利である有給休暇さえ、なかなかとれるものではない。だが白石は今、あえて休みをとって実家に帰ろうとしていた。父に会い、きちんと話をするために、である。

先日、白石は父に電話をかけた。ずっと一方的に父を非難していたことを謝ろうと思ったのだ。けれども、電話からいざ父の声が聞こえてくると、「ごめんなさい」という一言が素直に出てこない。しばらく口ごもった挙句、適切な言葉が見つからず、それでも何か言わなくてはという思いが先に立って、自分よりはるかに経験豊富な医師である父に、肺ガンの治療法をあれこれ提案してしまった。

それでも娘の気持ちは伝わったのだろう、博文は苦笑して、逆に白石を気づかった。

「風邪をひいてるんじゃないか？　声が少し枯れているぞ。生姜湯が一番あったまる。買いにいく暇もないだろう？　母さんに送らせようか？」

「……」

電話を切った白石が備品置き場に足を踏み入れると、そこにはどこかぼんやりした様子の藍沢がいた。白石を見た藍沢は「お前のことだから、もう読んでるかもしれないが」と言いながら、英語の論文を手渡した。それは、肺ガンの最新治療に関するレポートだった。

「……覚えてくれてたの？」

大山の店で飲んだとき、酔いに任せてしゃべってしまったことは、藍沢の記憶には残っていないものと、白石は思っていた。しかし、白石の父の病気の話を、藍沢は忘れていなかったのだ。

白石も、あの夜、藍沢から聞いたことを思い出した。

「嘘であってほしかった。私の父の話も……」

あの夜の会話を白石が記憶していたことは、藍沢にも意外だったらしい。複雑な表情で、「覚えてたのか、俺の話……」と応じた藍沢に、白石は思わず言ってしまった。

「私は……お父様が死んだっていうのが嘘だった、藍沢先生がうらやましい……」

はっと我に返って、白石は藍沢に謝った。

「ご、ごめん……。ひどいこと言った」

「……いや、たまにはいい」と、藍沢がいつものぶっきらぼうな口調で答えた。

「優等生すぎるからな、お前は」

「……」

このとき白石は決意したのかもしれない。改めて父と会って、直接謝ろう、そして、とことん話をしよう――と。

藍沢が大きく息をついて、ひとりごとのように言った。

「生きてただけましなのかな……たとえ嘘をつかれてても……」


帰省する予定の日の朝、白石は田所と並んで廊下を歩いていた。ふと思い出したように田所が白石に話しかける。

「飛行機は、今日の夜でしたね?」

「ええ、八時です」

そう答えてから、白石は申し訳なさそうにつけ加えた。「すみません、こんな人が足りないときに……」

医療過誤疑惑がかけられた緋山は現在もまだ現場から外されている。医師がひとり抜ければ、そのぶんをほかの者たちがカバーしなければならない。ただでさえ忙しい救命センターのメンバーは、ますます忙殺されていた。

頭を下げた白石に、田所が言う。

「何言ってるんです、事情が事情じゃないですか。私も当直を増やします。心置きなく親孝行をしてきてください」

本心から言ってくれていることは痛いほどわかる。それだけに、白石はいっそう心苦しかった。だが――それでも今は行かねばならない……。


その日は、緋山にとっても特別な日だった。翼の遺族側からの正式な申し入れを受けて、緋山のとった行動についての説明会が行われるのだ。すでに先日、裁判所から通達が来て、証拠保全が行われている。

カフェで昼食をとりながら、緋山はぼんやりと虚空を見ている。通りかかる医師や看護師たちは、誰も近寄ろうとしない。そんな彼女の前に、ランチトレイを持った三井が腰をおろした。緋山の心情を思いやるように、穏やかな口調で三井が話しかける。

「……いてもたってもいられない気持ちだよね……自分のせいで、みんなや病院に迷惑をかけている――そう思ったら。医師免許を剥奪されるかもしれないことより、フェローを卒業できないかもしれないことより、つらいよね……」
「……」
「私にはわかる……。私も、そうだったから」
「……」

藤川は、廊下の片隅に立つ冴島の姿を見つけた。普段と変わりなく仕事をしているように見えても、悟史の死後、彼女がずっと元気のないことは、毎日近くで見ていればわかる。それも当然だろう。世界で一番大切に思い、一番大切に思われていた相手が、永遠にこの世から消えてしまったのだから。

励ます言葉などなくても、声をかけずにはいられなくて、冴島のほうへ行く藤川。彼女の視線の先には、ベンチに座る中年の女性がいた。手入れされていないぼさぼさの髪の毛、少々くたびれて見える身なり……。それが誰だか藤川にもすぐにわかった。時田《ときた》早苗《さなえ》である。思わず「あ……また来てるのか」と藤川はつぶやいた。

それに気づいた冴島が、小さくうなずきながら応じる。

「ええ。このところ毎日ですね……」

早苗の娘の由真《ゆま》は先月、翔北病院で亡くなっていた。それでも彼女は娘の死を信じたくないのだろう、日々の病院通いをやめようとしないのだ。

近寄ってくる藤川に気づいた早苗が、立ち上がって口を開いた。

「あ、先生……由真は？　由真の病室はどこですか？」

諭すような口調で答える藤川。

「お母さん……。由真さんは、もうここにはいませんよ。っていうか、もう葬儀も終わってるじゃないですか。……通勤途中の事故なんて、信じたくないのはわかりますけど」

力のない声で「そうね……」と早苗が言ったとき、ドクターヘリ出動を要請するホットラインが鳴り響いた。

出動したドクターヘリは、高校生を翔北病院へ搬送した。彼はサッカーの試合を終えた帰り道、急に昏倒してショック状態に陥ったのだ。※眼瞼結膜《がんけんけつまく》が充血し、胸部と上腹部に発赤《ほっせき》がある。

※**眼瞼結膜**
まぶた（眼瞼）の裏側の粘膜。

※

アナフィラキシーショックではないかと推測された。

その高校生がまだ到着しないうちに、救命センターは、別の高校生を救急車で運んでもよいかという連絡を受けた。その患者も、アナフィラキシーショックの疑いが濃いという。

アナフィラキシーショックの症例が、ほぼ同時に、違う場所で発生するという事態はあまりない。受け入れ態勢を整えながら、医師たちが首をひねっていたところへ、新たな急患対応の要請がきた。また別の場所で、高校生が倒れているところを発見されたのだ。今度も、症状から判断して、アナフィラキシーショックの可能性が大きかった。

事態はそれだけでは終わらなかった。一台のマイクロバスが、けたたましくクラクションを鳴らしながら翔北病院へ走り込んできたのだ。十数名の高校生たちが乗っている。ふらふらしている者、激しく嘔吐する者……。引率の教師らしき人物が中から飛び出してきた。

「助けてください！　こいつら、急にみんな苦しみだして……！」

この日運ばれてきた、アナフィラキシーショックの疑いがある患者全員が、同じ試合に出場したサッカー部員だった。

アナフィラキシーショックの集団発生で、救命センターが戦場のようになっていた頃、翔北病院の会議室も修羅場と化していた。翼の遺族と弁護士に対する説明会が始まったのである。

病院側の出席者は緋山、橘、田所のほかに、事務長の春日部と弁護士の相馬。向かいの席には、亡くなった翼の母の直美とその兄の明彦、それに弁護士の羽田《はだ》が座っていた。机の上には、コピーされたカルテなどの関係書類が載っている。

緋山がちらりと直美に目をやった。一瞬、二人の視線が交錯したが、直美はすぐに目を伏せてしまう。どこか居づらそうな表情だ。緋山は、ましていたたまれない気持ちだった。

話の焦点は、翼から生命維持装置を外すにあたって、緋山がなぜ同意書をとらなかったのかということだった。

「臨床的脳死は確定していた。でも、それと人工呼吸器を外す判断とは別でしょう」と、羽田弁護士が言う。「あなたは勝手に翼くんの命の期限を決めて、それを直美さんに押

※ **アナフィラキシーショック**
ハチの毒、薬物、食物などが原因で、強いアレルギー反応が起き、血圧が急激に低下して、血液が全身の組織に充分に供給されなくなった状態。皮膚の紅潮、じんましん、むくみ、呼吸困難、意識障害などの症状を伴う場合がある。

しつけた。……違いますか？」

緋山は反論できなかった。消え入りそうな声でただ「……すみません……」とつぶやく。それを聞いた羽田の声が高くなる。

「すみませんって、そうなんですか？」

緋山に詰め寄る羽田に、明彦が続いた。

「そうなのかよ⁉」

「あなた、自分のしたことがわかってるんですか？」と、たたみかけるように言う羽田。

緋山の心はすでに折れかけていた。彼女が「悪かったんです、私が…」と言いかけたとき、橘がそれをさえぎった。

「お前、本当にそう思っているのか？」

鋭い声だった。その迫力にのまれた一同が無言で橘に視線を移す。

ややあって、羽田が「どういう意味ですか？」と橘に訊く。橘は緋山に顔を向けたまま、言葉を続けた。

「お前だってバカじゃない。問題を起こしたくなければ、サインひとつさせておけば、それですんだんだ。それをさせなかったのは、させなかった理由があるからだろ。――それを今、ここで話すべきだ」

予期せぬ展開に、春日部があわてて橘を止めようとした。と、その春日部を制するように、今度は田所が口を開いた。

「私もそう思います。緋山先生、あなたは本当に頭を下げなきゃいけないようなことをしたんですか？　翼くんに対して」

皆の視線を受け止めながら、田所が続ける。

「カルテには、医療的な処置は書いてあっても、患者や、まして患者の家族との心の交流は書かれていない。それが、最も大切なことなのに、です」

緋山の自信なげな瞳に、田所が力強く語りかける。

「医者が謝るべきときは、ただひとつ——患者のためじゃないことをしたときだけです」

話を仕切り直そうとしてか、羽田が改めて緋山に問いかけた。

「緋山先生、同意書をとらずに人工呼吸器を外したことに、意味があったというのですか？」

しばしの沈黙があった。その場にいる全員が自分を見つめているのを自覚しながら、緋山はゆっくりと話し始めた。自分自身に言い聞かせるように、ひとつひとつの言葉を確かめながら——。

「……翼くんを事故現場から運んで、私たちは処置をしました。三日にわたってオペをして……でも、結局、救えませんでした。――何もできなかったんです」

胸の奥から蘇ってくる悔しさと無力感が、緋山の心をさいなむ。その圧力と懸命に闘いながら、それでも緋山は続けた。

「翼くんの目はもう何も映さず、耳にはもう何も響かず、心はもう何も感じない……翼くんはもう生きてはいないと……直美さんにそう伝えました」

この残酷すぎる事実を母親の直美がどんな思いで受け入れたのか……緋山には想像することさえできなかった。あのとき、少しでも、患者の家族の心に寄り添いたいと願った緋山は、二度と手の届かない場所へ旅立とうしている息子のために何をしてやりたいか、直美に訊ねた。

「直美さんは、翼くんを抱きしめてやりたいと、そう言われました。……私は、せめてそれを叶えさせてあげたかった。私にできることは……それぐらいしかなかった！」

緋山の言葉には熱と情がこもっていた。その迫力に気圧されて一瞬の沈黙が場を支配しかけたとき、彼女の熱にあらがうかのように、羽田が言った。

「だから呼吸器を外したというんですか？　でも、同意書はとれたはずでしょう？　なぜそれを……」

「DNRオーダーは、翼くんを死なせるという書類なんです！」

緋山は叫んでいた。自分でも驚くほど大きな声だった。その声に一同は沈黙した。

「直美さんは、すでに意思表示をされていた。それなのに、そんな書類にサインをさせろというんですか？　家族を死なせることに同意する書類に⁉」

緋山の声は、いつしか震えていた。震えながら、喉の奥から絞り出すように言う。

「……私は、平気でそんなものにサインをさせる医者は——狂っていると思います……」

それは、緋山の心の底からこみ上げてきた思いだった。


説明会はひとまず終了した。遺族側を見送った田所と橘は、並んで廊下を歩いていた。

「心配ですね、緋山先生……」と、田所が不意につぶやいた。

「提訴の可能性ですか？」

訊き返した橘に、田所は小さくかぶりを振る。

「いや……野上直美さんと緋山先生との間には確かな信頼関係があった——私はそう思っています」

いったん口を閉じてから、苦渋に満ちた声で田所が続けた。

「……それだけに、心の傷は深いでしょう」

どんな病院でも、対応できる患者の数には限界がある。二十名に及ぶ救急患者を一度に受け入れて、その対応を同時に、完璧にこなせる病院などあるわけがない。

救命センターは患者や医療スタッフでごった返していた。藤川が、何台ものストレッチャーの間をすり抜けるようにして、トリアージ作業に駆け回る。重症者は初療室、その次が外来処置室、そして軽症の患者は廊下で対応することになった。

今回の事件の原因は、サッカーの試合のあとで出された昼食のイワシの蒲焼きらしい。あまり類のないケースだが、報告を受けた中毒センターの回答によれば、四年前にカジキマグロの照り焼きを食べた十数名が、※ヒスタミン中毒によるアナフィラキシーショックに陥った例があるという。臨床経験豊富なベテランの橘や森本でさえ、アナフィラキシーショックの集団発生に立ち会ったのは初めてのことだった。現場が混乱するのも無理はない。田所まで、患者たちの治療に汗を流していた。

症状の比較的軽い者たちが、ストレッチャーの上で口々に騒ぎ立てている。

藤川とともにトリアージにあたっていた森本が、ひときわ元気そうに見える岸田《きしだ》という患者に「気分は?」と尋ねた。にやりと笑った岸田が、親指を突き立ててみせる。

「？」

「へへ……『俺に任せろ、ボールを寄こせ』っていうサイン。俺、フォワードなんで」

「よくわからんが、その様子なら大丈夫だね。じゃあ、君は廊下だ」

「ちょっと待ってよ！　なんで俺は廊下なわけ？　それに、こいつはマスクつけてもらってんのに、俺にはないよ」

かたわらのストレッチャーに乗った患者、大江《おおえ》を指さしながら、岸田が口をとがらせた。

「こっちの彼には少し酸素が足りないんだよ」と、面倒くさそうに説明する森本。うるさい岸田を見かねたのか、マスクごしに大江が彼をたしなめる。

「少し黙ってろ。迷惑をかけるな」

「なんだよ、いい奴ぶってるんじゃねえよ！　お前なんか試合でも気合いが足りねえから酸素も足りねえんだよ！」

※　**ヒスタミン中毒**
保存状態の悪かった青魚など、ヒスタミンが多く生成されたものを食べた場合に起こる食中毒。顔面の紅潮、じんましん、吐き気、嘔吐、頭痛など、アレルギーのような症状を示す。

「ほら、行くぞ」

藍沢が岸田の乗ったストレッチャーを押した。大江のストレッチャーは、白石が外来処置室のほうへ運んでいく。それを見た岸田がなおも騒いだ。

「ちょっと待ってよ！　なんで、あいつはきれいなお姉さんで、俺はあんたなわけ？」

廊下の隅に停められたストレッチャーの上で、岸田は藍沢が次々とほかの患者の治療をするのを見ていた。やがて戻ってきた藍沢が岸田に尋ねる。

「気分はどうだ？」

「もう全然。……やっぱり俺って強いや」

作業をしながら「よかったな」と適当に調子を合わせる藍沢に、岸田が訊く。

「あんた、やっぱりこの病院じゃフォワード？　ガンガン攻める……的な？」

それを聞き流して、藍沢がナースに指示を出す。てきぱきと応じるナースたちの様子に、少し感じ入ったように岸田がつぶやいた。

「ここ、なかなかいいチームだな」

「……なんでもサッカーだな」と応じる藍沢。

「だって俺、サッカーしか知らねえもん。人から初めて褒められたのが、サッカーで点を入れた小四のとき。俺のこと怒ってばかりいた担任が急に笑顔になってさ。……それからはまっちゃってね。点を入れたら、みんなが喜んでくれるからさ、こんな俺でも……」

岸田の素直な言葉は藍沢の心に届いた。照れたように藍沢から顔をそむけながら、岸田がもう一言だけつけ加えた。

「人に喜んでもらえることなんて、俺、ほかにないから……」

ナースステーションでカルテを書いていた藤川は、ふと耳に入ってきた冴島の声に顔を上げた。冴島と、もうひとり見覚えのある女性がカウンターの向こうにいる。早苗だった。納得して帰ってくれたものと思っていたが、まだ病院の中をうろうろしていたようだ。

「……ですから、由真さんはもう503号室にも……」

作業の途中で早苗につかまって、冴島も対応に苦労しているらしい。藤川は、早苗をその503号室へ連れていった。

藤川が病室の扉を開けて中へ入る。早苗と冴島がそれに続いた。病室の中には誰もいない。からのベッドが、きれいに整えられている。

「ね、もういないでしょう?」と、早苗に言う藤川。

「もう由真さんは亡くなったんですよ。……お気持ちはわかるし、僕も心苦しいですけど、これ以上こちらに来られると……」

早苗が「……すみません」と頭を下げた。

「……簡単には忘れられないと思いますが、でも、前を向いて歩いてください。それが亡くなった人のためでもあると思います」

早苗にそう言いながら、藤川は冴島をちらりと見た。冴島は無言のまま、茫然と立ち尽くす早苗を見つめていた。その顔からは、なんの感情も読み取れなかった。

高校生たちのひとり、大江に頭蓋底骨折の徴候が発見された。ショックで倒れたときに頭を打ったらしい。急遽行われたCT検査の結果、幸い出血は大したことがなかったため、ひとまず入院して経過を観察することになった。

検査を終えた大江のストレッチャーを押して、白石はエレベータに向かっていた。

白石から借りたPHSで、家に報告を入れる大江。話し相手は父親だったようだ。PHSを白石に返しながら、大江が少し恥ずかしそうに言った。

「最近すっかり心配性になっちゃって、親父……。歳なのかな」

「お父さんもサッカーをされていたの？」と訊く白石。大江がどこか誇らしげに答えた。

「はい。インターハイに出たっていうのが人生最大の自慢なんです。……よくわかりましたね」

「なんとなく……。ほら、子供は親の背中を見て育つっていうか、親のしていることをしたがったりするでしょう？」

大江が何げなく返した言葉が、白石の胸を衝いた。

「先生も、そうなんですか？」

「……」

白石が父のことを思い浮かべたとき、目の前のエレベータの扉が開いた。中から転げるように出てきたのは、岸田だった。血相を変えている。

「大江！　死んだのか!?」

大江が頭蓋骨を骨折したと聞いて飛んできたらしい。息を切らしている岸田を見て、大江があきれたように言う。

「……どう見ても生きてるだろ」

ほっとしたのか、岸田がその場にしゃがみ込む。

「まったく……バカだな、お前。そう簡単に死ぬわけ――」

言いかけた大江の目の前で、岸田が突然、その場に倒れた。呼吸が停止している。走ったために、運動誘発性アナフィラキシーショックを起こしたのだ。彼のあとを追って駆けつけた藍沢とともに、白石は岸田を初療室へと運び込んだ。

　高校生を乗せたストレッチャーが何台か、滑るように廊下を運ばれていく。受け入れ態勢が整った、ほかの病院へ搬送される患者たちだ。ひとり遅れて容態を急変させた岸田も、初療室で処置にあたった田所をはじめとする医師たちの迅速な対応の甲斐あって、大事には至らずにすんだ。緊急事態は、ようやく収束しようとしていた。


　忙しさも峠を越し、安堵の色を顔ににじませた三井は、たまたま橘と同じエレベータに乗り合わせた。二人とも、やや気まずそうに黙っている。

　ふと思い出したように三井が口を開いた。

「春日部さんから聞いたわ。説明会で、緋山をかばってくれたそうね。……ありがとう」

「……」

　その言葉を受けて、橘は眉間に深くしわを寄せ、押し黙ったままだ。

　三井がいぶかしげな視線を向けると、彼はようやく重い口を開いた。

「……後悔しているんだ、俺は」

「……」

　意外な言葉だった。真意を確かめようと、橘の顔を見つめる三井。隠し続けていた胸のうちを初めて明かすように、橘は続けた。

「四年前、俺は君をかばってやれなかった。新生児の挿管のことで落ち込んでいた俺のそばに、君はずっといてくれた……。なのに俺は、妊婦の訴訟事件を起こした君が重くなって——離婚届で返した」

橘が三井のほうに顔を向ける。二人の視線が重なった。

「ずっと……後悔している……」


ひとけのない備品置き場に、冴島の姿があった。手の中の携帯電話をじっと見つめている。画面に浮かぶ「保存メッセージ」の文字。悟史が遺した言葉の置き土産……。彼女がボタンを押すのを迷っていたそのとき、藤川が入ってきて声をかけた。

「ようやく一段落できそうだ。よかったね」

「……受け入れられないですよね」

不意に冴島が言った。「え?」と訊き返した藤川に対してではなく、ひとりごとのように、冴島が続ける。

「……突然、大切な人が死んだって言われても……」

冴島が藤川の顔を見た。

「私は……早苗さんにかけてあげられる言葉がありません……」

藤川は自問した。今、自分は、目の前で苦しんでいる冴島に、かける言葉を持ち合わせているだろうか——と。

このまま沈黙の淵に沈んでいきそうな自分を藤川は自覚していた。しかし、彼は踏みとどまった。

「ごめん……」

精一杯の素直な言葉で、藤川は冴島に語りかけた。

「……亡くなった人はさっさと忘れろなんて言ったのは間違いだった。本当にごめん……。引きずったっていいんだよ。当たり前だよな。そりゃあ時間かかるさ。無理に忘れる必要なんてない」

藤川と冴島は向き合って、互いの顔を真正面から見つめていた。冴島の瞳の奥へ吸い込まれそうになりながら、藤川がもう一度、口を開いた。

「その間……俺にもできることがあるなら、フォローするから」

藤川は微笑んだ。ぎこちないとわかってはいたが、それでも笑ってみせた。そして、冴島の言葉を待つことなく、ゆっくりと部屋を出ていった。

ほとんどの患者の処置がすみ、外来処置室にも、やっと落ち着いた空気が流れていた。

残った患者の治療をする白石に、カルテを見ていた田所が声をかけた。

「エピ[※1]が二回ですか……」

「ええ、でもあまりよくなってなくて……」

「グルカゴン[※2]を持ってきてください。通常のエピが効かない場合は、グルカゴンが効くケースがあります」

過去の症例データなどをあたるまでもなく、瞬時に下された田所の的確な判断に、白石は思わず舌を巻いた。こればかりは机上の勉強をどれだけ重ねたところで身につくものではない。臨床医としてのキャリアの差だ。

※1 エピ
「エピネフリン」の略。ホルモンの一種で、血圧上昇、心拍数増加、末梢血管収縮、気管支拡張、交感神経刺激などの作用をもつ。薬剤として、心停止、アナフィラキシーショック、喘息、敗血症などの治療に用いられる。

※2 グルカゴン
ホルモンの一種で、血糖値上昇、消化管運動抑制などの作用をもつ。薬剤として、低血糖の治療や消化管検査の前処置などに用いられる。

ナースに指示を出した白石が処置を続けようとしたとき、見守っていた田所がいきなり、ふらっとよろけた。居合わせた藍沢がとっさに腕を伸ばし、田所の体を支える。

「大丈夫です。……ちょっと立ちくらみがしただけで……」と気丈に応じる田所。藍沢が「座ってください」と田所を椅子に導いた。寄ってきた三井も心配そうな声で田所に言う。

「無理なさらないでください。緋山の件でも心労が重なっていらっしゃるのに……」

「三井先生まで年寄り扱いはやめてください」と苦笑いしながら、田所が立ち上がる。

「以前、離島にいたときは、二日や三日の徹夜は平気でしたよ。……あ、今夜の当直は私と藤川先生でいいんですよね？」

そう言って笑った田所の顔には、疲労が色濃く表れていた。


すっかり静けさを取り戻した病院の夜のロッカールームに、白石はいた。耳に当てた携帯電話は、本当なら今夜、もう顔を合わせていたはずの父につながっている。この間、何度も言おうとして言えなかった言葉が、自然に溢れ出た。

「ごめんなさい、お父さん……」

父の真意も知らずに、何度もひどいことを言った自分。父の病気と医師としての覚悟に気づかなかった自分。そのすべてを今、謝りたかった。

「一番大切な人の病に気づけないなんて……私は医者なのに」

少しの間があって、電話から父の声が聞こえた。

「医者だからだよ。……自分や家族を後回しにして他人の心配をする。それが医者だ。私もそうだっただろう？　誕生会も参観日も、約束を守ったためしはない。みんなが寝静まった頃帰って、起きる前に出ていったもんだ……」

「……」

「それでも……恵は、よく待っててくれたな。リビングのソファで……ぬいぐるみを抱きながら待ちきれずに眠ってた。あのちっちゃな恵は……よく覚えてるな」

「……」

「そのお前が……医者になるなんてな……」

感慨深げに言う父の優しい声。自分はこの父の声を聞きながら、この父の背中を見ながら育ち、そして——自分も同じ道を歩みたいと願ったのだ。

こみ上げてくる感情を懸命に抑えながら、白石は父に告げた。

「お父さん。だから……私、帰らない」

父は無言だった。娘の言葉を待つ気配だけが電話から伝わってくる。

「今ね、病院でちょっといろいろあって、大変で……。だから……私も、帰ってる場合じゃないの。……ごめん」

「そうか」とだけ答えた博文の声には、かすかな落胆が混じっていた。だが、次の言葉で、父は自らその落胆を打ち消してみせた。

「何を言っている。当然のことだ。そんなことで謝っていたら、お父さん、お前にいくら謝っても謝り足りんよ」

不意に博文が咳き込んだ。

「お父さん、大丈夫⁉　お父さん‼」

白石に緊張が走る。咳き込みながらも、努めて穏やかな口調を保ちつつ、父は言った。

「大丈夫だよ。……まだ私を慕ってくれる患者さんもいる。部下もいる。誇れる仕事もある。なにより、大切に思ってくれてる家族が……娘がいる。意外とな、毎日幸せなんだ。いい人生だと思っている。……ガンになったのは、残念だけどな……」

白石はもうこらえきれなかった。流れる涙を拭いもせず、父に言う。

「お父さん……一日でも長く生きて。私、一日も早くちゃんとした医者になるから。ちゃんとやれてるってところを見せるから。だから……それまで、生きて……お父さん……！」

娘の願いに、父が答えた。

「……わかった。約束だ」

二人の間に、言葉にする必要のない何かが通い合う。かけがえのない一瞬だった。

「……この約束は……この約束だけは、守りたいな」

万感の思いのこもった沈黙のあと、父は娘に向かって、そうつぶやいた。

9

入院していた絹江は、担当医の適切な対応の甲斐もあって、順調に回復しつつあった。しかし藍沢には、そんな絹江の病室を訪れ、話をし、病が癒えたことをともに喜ぶ時間すらとれない日々が続いていた。

父に知らされた、母の死の真相。緋山の医療過誤疑惑と、それに伴う彼女の謹慎。つい先日の、アナフィラキシーショックの集団発生……。予想もしなかった数々の出来事が、医師として、そして一個人としての藍沢から、時間を奪い続けていたのである。

いや、もしかすると、そう考えることで、藍沢は自分を正当化していたのかもしれない。どれだけ忙しくても、同じ病院内にいる絹江を訪ねるのに、たいした時間は必要ないはずだ。それでもそうしなかったのは、藍沢自身が無意識のうちに、祖母と向き合うことを避けていたということなのかもしれなかった。

藍沢がようやく絹江と会って話をしたのは、全快した絹江が退院する、その当日だった。病院ロビーに祖母の姿を認めたとき、藍沢は確信したのだ。今しかない——と。

「ばあちゃん！」

藍沢は絹江のもとへ駆け寄り、孫の顔をどこか気づまりな様子で見返す祖母に告げた。

「全部聞いたよ、あの人から……」

「……そう」

絹江の顔が曇る。黙っていたこと、結果的に嘘をついていたことを、すまないと思っているのだろう。

藍沢は言葉を続けた。

「……苦しかっただろう、ばあちゃん。あんな事実を、全部飲み込んで、生きてくれていたんだな……俺のために……。毎年の母さんの墓参りも……あんなものをひとりで抱えて、手を合わせてたんだな……」

絹江は少し驚いたような顔になって孫を見つめる。

「これからは、俺にも半分背負わせてくれ、その荷物……。もう、持てるよ」

「耕作……」

藍沢は、精一杯の気持ちをこめて言った。

「今年の墓参りは、今までとは違う気持ちで行けると思う。そのときは、隣にばあちゃんにいてほしい。……テストで百点とったとき、ばあちゃん、喜んでくれた。受験に合格したときも、ばあちゃん、笑ってくれた。……俺が今まで頑張ってこられたのは、ばあちゃんがいたからだ。ただ、ばあちゃんの喜ぶ顔が見たかった」

藍沢が祖母の瞳を見つめて語りかけると、絹江の表情がゆっくりとやわらいでいった。

「ありがとう……」

絹江が、ふり絞るように言った。

緋山の医療過誤疑惑の件は、先日の説明会以来、病院側にとってはよい方向へ進みつつあった。翼の人工呼吸器を外すことを、直美が事実上承諾していたという見方が強まり、遺族側は、裁判になっても勝ち目がないのではないかという考えに傾いてきたらしい。

裁判は避けられるかもしれない。そのことは確かに朗報だ。しかし、法廷で責任を問われることはないとしても、緋山の精神的な負担がすべてなくなったわけではなかった。

遺族側への説明会の翌日、緋山は、藍沢にぽつりと漏らした。

「私、もう患者を相手にするの、怖いよ」——と。

緋山に限らず、医師は誰でも、「患者のため」を第一に行動を選択する。けれど、その選択にわずかでも間違いがあれば、医師はとたんに憎しみのこもった目を向けられるのだ。

「怖い……」

あの強気な緋山が、しゃがみ込んで泣いている。さすがの藍沢も、かける言葉を見つけられなかった。


やがて遺族側から、訴えを取り下げるという報告が正式にもたらされた。

三井が、エレベータの中で、乗り合わせた橘に話しかける。

「緋山、久々の診療でずいぶん緊張してたわ。いつもの緋山じゃなかった」

「いつもの？」と、少し笑いながら、やや皮肉めいた口調で橘が言う。

「無鉄砲で、生意気で、うぬぼれや……ってことか？」

「そうね」と応じた三井も、苦笑していた。

「……元の緋山に戻してやりたいな」

笑みを消した橘が、真面目な顔つきになって続ける。

「今日のヘリは、俺が緋山の横に乗る」

エレベータを降りた橘と三井は、同じ病室へ向かった。そこに入院しているのは、部長の田所である。緋山謹慎の穴を埋めるべく、自ら現場勤務を買って出たが、心労に過労が重なったためか、先日、ひとりで部長室にいたときに倒れてしまったのだ。

しかし、原因は、単なる疲労ではなかった。ＣＴ検査の結果、田所の脳に大きな動脈瘤が発見されたのである。彼が昏倒したのは、その動脈瘤の中にできた血栓が飛んで、血管に詰まったためだと推測された。幸い、その後、血栓は流れたらしく、今では話ができるまでに回復している。


「大きいね、これは……」

田所は、自分の動脈瘤の写ったＣＴ写真を脳外科の西条から見せられて、ため息を漏らした。どこか他人事めいて聞こえる。ある意味、これも医師の性《さが》かもしれない。

「脳幹をかなり圧迫しています。……早急に治療方針を固めます」と西条が答える。

「わかりました」とうなずいてから、田所は橘と三井に顔を向けた。

「よかったですね、緋山先生の件」

自分の病状より、部下の若い医師の将来を案じる優しさは、田所ならではのものだろう。

「ご迷惑をおかけしました」と橘が頭を下げたとき、田所の妻・麗子《れいこ》が、花をいけた花瓶を抱えて入ってきた。彼女は西条、橘、三井とは旧知の仲だ。頬を緩ませながら、三人に声をかける。

「そうやって並んでいると、まるで本院の救命時代に戻ったみたいね。……黒田先生と西条先生がいて、その下には橘先生に三井先生……懐かしいわ……」

麗子は花を窓際に飾ると、持参した荷物から生活用品を取り出して、ベッドの周りに置き始めた。その姿は家事に勤《いそ》しむ主婦そのものだ。

「ちょっと落ち着きなさい。今、ムンテラ※を受けているんだから」と、田所が妻をたしなめる。だが麗子は意に介さない。

「病人は黙っててくださいな。……あ、ねえ、みなさん、チョコ食べる？」

「また血栓が飛びそうだよ、お前を見ていると……」

マイペースを崩さない麗子に、田所が渋い顔をした。

※ **ムンテラ**
ドイツ語のMund（口）とTherapie（治療）を組み合わせて作られた語「ムントテラピー」の略。医師が患者との対話を通して、患者の不安を取り除くこと。現在は、単なる「患者への病状説明」の意味で用いられることも多い。

院内の事情に関係なく、ホットラインは響き渡る。スキー場からの要請で出動したドクターヘリには、橘と冴島……それに緋山が乗っていた。

患者の名は田上信夫《たがみのぶお》。33歳のスキー選手だ。練習中にコースから外れて、立木に激突したという。百キロ近いスピードが出ていたらしい。その衝撃は相当なものだったはずだ。

田上には両側気胸《りょうそくききょう》※1の症状がみられた。胸を少し切ってチューブを入れ、たまった空気を抜く必要がある。緋山が、田上の胸にメスを近づけたとき――

「うぐ……」とうめいて、田上が身をよじらせた。

「!?」

一瞬、緋山の顔が引きつった。橘の視界に鮮血が映る。緋山のメスが、彼女の左手の甲を切ったのだ。


この日、外来を担当していた藍沢は、青山美樹《あおやまみき》という40歳の女性を診察した。前日にバイクで転倒して打ったという美樹の左足は、ぱんぱんに腫れ上がっていた。コンパートメント症候群※2だ。一刻も早く処置しないと、足を切断しなければいけなくなる。

初療室に運び込まれた美樹は、そのまま足を切開して内圧を下げる処置を受け、なんとか左足切断を免れた。

「我慢しすぎはダメですよ。痛かったらすぐに病院に来なくちゃ」

森本が美樹をたしなめる。申し訳なさそうに答える美樹。

「昨日は大事なプレゼンがあったんですよ。それで、つい……」

そのとき、ストレッチャーに乗せられた田上が初療室へ搬送されてきた。付き添う緋山の左手には、包帯が巻かれている。

「処置中に緋山が手を切った。……そっちがすんだら縫合してやってくれ」

橘の指示にうなずきながら、藍沢が緋山を見る。緋山はすっと目をそらした。

※1　**両側気胸**
左右両方の肺が気胸を起こした状態。呼吸困難により死に至る恐れがあるため、迅速な処置が必要となる。

※2　**コンパートメント症候群**
損傷を受けた筋肉が腫れ、そのコンパートメント（骨や筋肉の膜などで囲まれた区画）の内部の圧力が高まったために起こる、血行障害。痛み、しびれ、知覚障害などの症状を伴うことがあり、処置が遅れれば筋肉や神経の壊死に至る。

美樹はシングルマザーだった。実家の母親に3歳のときから預けている息子・一樹《かずき》を、六年ぶりに引き取ることになっているらしい。そのためにも……との思いが強いのだろう、仕事への熱意も人並み以上だ。藍沢から借りたPHSで職場と打ち合わせをする彼女の姿は、まさしく「働く女性」だった。

PHSを藍沢に返した美樹は、「下を使うのってほんと大変」と苦笑いしながら、自分の携帯電話を開いて、待ち受け画面に視線を落とした。そこに映る息子の笑顔を見つめる彼女の顔が、働く女性から母親のそれに変わる。その顔には、喜びがにじみ出ていた。

外来処置室で、藍沢は緋山の手の傷を縫合した。

「ちゃんときれいに縫ってよね」

緋山の言葉には答えず、「何があった?」と訊く藍沢。強がる口調はそのままに、緋山が「別に……。単なるミス」と短く答えた。

「……まだ患者が怖いのか?」

緋山が眉間にしわを寄せる。「痛むか?」と藍沢がさらに訊いた。

「……大丈夫」

「……そうだな。痛むのは……手じゃないよな」

「……」

スキー事故で運ばれてきた田上には肺挫傷[※1]の疑いもあったため、CT検査の準備が進められた。ストレッチャーに乗せられたまま廊下を移動する田上には、白石と緋山がついている。エレベータを待つ間に、白石が検査の説明をしようとすると、それをさえぎるように田上が口を開いた。

「CTですよね。何度もやってます。……腰椎骨折、前十字靭帯[※2]断裂、左足首骨折……。怪我のデパートですから」

そう言って微笑む田上。その顔から恐怖心は感じられない。

「怖くないんですか?」と、思わず訊く白石。

※1 **肺挫傷**
胸部が強い衝撃を受けたり、圧迫されたりしたために、肺に損傷が生じた状態。重症の場合、呼吸困難、意識障害、血圧低下などを引き起こす。

※2 **前十字靭帯**
膝関節にある靭帯の一種。後十字靭帯と交差する形で、大腿骨とすねの骨をつないでおり、膝を安定させる役割を果たす。

「そりゃあ怖いですよ。大怪我をして、体は治っても、二度と滑れなくなった選手を何人も知ってます」

白石のいぶかしげな様子を見てとった田上が、補足するように言葉を続ける。

「ガチガチに凍ったアイスバーンの上を、時速百キロで滑るんです。一度転んだ恐怖はなかなか抜けるもんじゃない。……怖いのは体の傷じゃない。心が折れることなんです」

得心してうなずく白石。その話を、自分のことのように聞く緋山。

田上が、胸のネックレスを見せた。

「……雫石《しずくいし》でレース中に大事故を起こしました。一年かかって復帰して……同じコースで自己ベストを更新しました。――そのとき、俺の腰に入っていたボルトです」

金属製の小さなボルトが一瞬、誇らしげに輝いたように見えた。

「勇気の証し、ですね」という白石の言葉に、田上が嬉しそうに応じる。

「アルペンスキーはね、身体能力と技術……そして、勇気を競うスポーツなんですよ」

そのとき、白石は田上の様子がどこかおかしいのに気づいた。ネックレスをかざしている自分の手を、不思議そうに凝視している。そのまなざしを、白石へと向ける田上。

「先生……。腕に、麻酔を打ちましたか？　ちょっと手が……しびれている……」

検査の結果、田上が感じた手のしびれの原因はすぐに判明した。脊柱管狭窄症《せきちゅうかんきょうさくしょう》による中心性頸髄損傷[※]――ちょっとした衝撃で全身麻痺を引き起こしかねない、厄介な傷病である。全身麻痺になれば、スキーはおろか、一生寝たきりだ。

白石はつらい気持ちで、田上に病状を説明した。

「手のしびれは残るかもしれませんが、普通に生活するぶんには問題ないと思います」

愕然とする田上。白石は次の言葉を発することを一瞬ためらった。

「……競技さえしなければ……」

スキーにすべてを捧げてきた田上にとって、それは死刑宣告にも等しい言葉だった。

同じ頃、美樹にも異変が見つかっていた。「ときどき、ちょっと会話がおかしい気がするんです」と冴島から聞いた藍沢が、美樹に、前日起こしたばかりのバイク事故について尋ねてみると、彼女にははっきりした記憶がなかったのだ。

すぐに美樹の頭部CT検査が行われ、その結果、頭蓋底に腫瘍が発見された。バイクの転倒も、腫瘍の影響で一時的に意識を失ったために起きたものと考えられた。

※3 中心性頸髄損傷
首の骨の中を通る中枢神経（頸髄）の中心部が傷ついた状態。強いしびれや麻痺などの症状が、手指や腕に顕著に出る。

除去手術しか治療法はない。しかし、リスクも高かった。腫瘍はかなり大きく、それを取り除くことで後遺症が残る可能性があるのだ。

藍沢と西条からそう告げられた美樹は、沈痛な面持ちになって答えた。

「……わかりました。ちょっと考えさせてください」

危険を伴うオペを受けるかどうかの選択を迫られた患者にかけられる、気のきいた言葉などない。打ちひしがれた様子の美樹の横顔を、藍沢はただ黙って見つめるしかなかった。


カンファレンス室では、西条、橘、三井の三人が、田所の脳を撮影した写真を見ながら、深刻な顔で話し合っていた。

「脳幹の圧迫がひどくなってるな」

西条の言葉に、橘がすぐに反応する。

「オペの見通しはどうです？　クリッピング[※1]は無理ですか？」

「この位置じゃ、クリップはかけられない。トラッピング[※2]を試してみるが、三本すべての血管を遮断できるかどうかわからない」

この状態で無理に血栓をとろうとすれば、脳が大出血する危険性が高い。西条も橘も、そして三井も言葉を失った。

カンファレンス室を出た三井は、その足でナースステーションに向かった。ヘリの出動記録を書いていた緋山が顔を上げたが、すぐにまた視線を落とす。隣に座って書類を書き始めながら、三井が緋山に声をかけた。

「田上さん、中心性頸損だったって？」

「すいません、そのことなら白石に訊いてください……」

目を合わせずに答える緋山。その横顔を、三井が黙って見る。視線を感じたのか、緋山がそのままの姿勢で口を開いた。

「……患者と距離を置け。入れ込みすぎるな……。全部、橘先生から言われていたことなのに……。どうしたら、橘先生みたいになれるんですかね……」

※1 クリッピング
脳にできた動脈瘤が破裂して出血することを防ぐために、動脈瘤の根元を専用のクリップではさみ、動脈瘤への血流を遮断する手術。

※2 トラッピング
同じく脳動脈瘤の破裂と出血を防止するために、動脈瘤の前後の血管をクリップではさみ、血流を遮断する手術。動脈瘤の大きさや形状からしてクリッピングが困難な場合に行われる。

緋山の口調には、昂《たかぶ》りも動揺も感じられない。だからこそ、それは悲痛なものだった。

「……なりたくてなったんじゃない」

しばしの間を置いてから、三井がぽつりと言った。

「ああなるしかなかったのよ、あの人は……」

三井の口調には、どこかその話題を避けようとする響きがこめられていた。それを察して、緋山が話題を変えた。

「……部長の容態はどうですか？」

穏やかで優しげな顔になった三井が答える。

「安定しているわ。……あなたのこと、心配なさってる」

今度は緋山の顔が曇る番だった。自分のしたことが、いかに田所の心を重くし、彼の体にも負担をかけてしまったか、緋山は改めて痛感した。


その日の夕方、白石は田上の妻・和美《かずみ》と待合室で向き合っていた。和美は事故の知らせを聞いて、娘の楓《かえで》とともに病院へ駆けつけてきたのだ。ベッドに横たわる夫と対面をすませ、彼の深刻な病状もすでに聞かされている。

「……奥さまからも、ご主人に言ってもらえませんか？　もう競技は無理だ、と」

そう言った白石に、無理に少し笑ってから、和美が口を開いた。

「正直、私ももう嫌なんです。怪我をして、必死になってリハビリする主人のつらそうな顔を見るのは……。でも」

和美が不意に言葉を切った。白石が彼女の顔を見つめる。そこには、もう笑みはない。

「……今日の主人の顔は、もっと嫌でした。あんなに悲しそうな顔……見たことない……」

返す言葉が見つからない白石に、和美が懇願するように言った。

「先生、本当に、本当に治る方法はないんですか？」

その問いに対する答えもまた、今の白石にはなかった。


急患の搬送もなく、外来患者や見舞い客の姿も消えた夜の病院の、暗い廊下の一角から、ほのかな明かりと話し声が漏れてくる。田所の病室だ。

田所と麗子は、訪ねてきた緋山をあたたかく迎えた。部長が倒れたのは自分のせいだと詫びる緋山に、麗子が明るく言う。

「この人がね、年甲斐もなく調子にのって、当直なんて続けるからよ」

その田所は田所で、自分の病状には触れず、「よかったですね、提訴がなくなって……」と緋山のことを気遣うばかりだ。二人の配慮を、緋山はありがたいと感じた。だが同時に、その優しさが胸に痛かった。

「私……もうフェロー卒業は無理ですよね」

「……かもしれませんね」と言ってから、ふと遠い目になった田所が言葉を続けた。

「大学病院では、私も落ちこぼれでしたよ。……出世の見込みもないし、人間関係も嫌になった……もうボロボロでね。それで島に逃げたんです。僻地医療のためとかなんとか理屈をつけてね」

田所の目は微笑んでいた。

「どう……でした？」

「自分だけ、先端医療から置いていかれるんじゃないかって、焦りましたよ。でも、その代わり、医者もいない、ろくな機材もない島の人たちの心細さを肌で感じることができた。だから今、こうしてドクターヘリ事業に邁進できるんです」

緋山が田所を見る。田所は続けた。

「島に行ったからこそ見えた景色もある……。緋山先生、回り道はね、けっして悪いことじゃありませんよ」

「おかげで私は苦労しましたけどね」

麗子の明るい声が、田所の昔話に割り込んだ。

「突然、『島に行く、ついてこい』って、私の返事も聞かないで連れて行かれて……。ほんと、青春を返してって感じ」

「お前はいいんだよ。今、いい話をしてるんだ」

不服そうに言う田所に、麗子がなおも続けた。

「私の苦労も話しなさいよね。自分ばっかりいい人ぶっちゃって、偉そうに」

黙り込む田所。長年連れ添った夫婦ならではの、飾らない、穏やかな感情の交流が、緋山の心にも温もりをくれる。

緋山はもう一度、田所に頭を下げた。謝罪のためではなく、精一杯の感謝をこめて――。


深夜のHCUには藤川の姿があった。たまった書類を片づけながら、そばのベッドで眠る患者のほうへ、ときおり顔を向けたりしている。

ベッドに寝ているのは、喘息の発作で運び込まれた6歳の少年、山本信弘《やまもとのぶひろ》だった。母親の宏美《ひろみ》が付き添って泊まろうとしていたのだが、間の悪いことに、信弘の弟も熱があり、ひとりきりにするわけにはいかないため、宏美は家に帰らざるをえなかったのである。

「藤川先生……？」

背後から声がして、藤川は振り返った。そこに立っていたのは冴島だった。夜更けのHCUで、ひとりデスクワークを続ける藤川を見て、何事かと思わず声をかけたらしい。

藤川が信弘を起こさないように、小声で答える。

「……俺もさ、よく運ばれたんだよな、ガキの頃に」

「喘息だったんですか？」

「うん。よく夜中に発作を起こして病院に運ばれてさ。……気がつくと天井がいつもと違ってて。まあ、俺はさ、手を握っててくれるおふくろがいたからよかったけど……この子はひとりだから」

「……」

「目が覚めたとき、知らない場所にひとりきりだったら寂しいじゃん」

信弘を見守る藤川の横顔を、冴島は黙って見つめていた。

最高の外科医が、持てる技術をすべて駆使したとしても、その手術が必ずうまくいくという保証はない。それが外科治療というものの現実であり、そして、神ならぬ人間の限界でもある。

美樹の脳腫瘍除去手術は、彼女の将来に幸運をもたらしてはくれなかった。執刀した西条、助手についた藍沢やナースたちの努力の甲斐もなく、美樹の右半身には重度の麻痺が残ってしまったのだ。


ＨＣＵのベッドで上体を起こした美樹の瞳は、おそらく何も見てはいなかった。麻痺した機能を少しでも回復させるため、今週中にもリハビリ施設に転院することになっている。

「ご家族は……」と、そばにいた藍沢が尋ねた。

「今朝の便で来るって」と答えたあと、しばらく間をおいて、美樹がつぶやく。

「バチが当たったのかな……。今まで放っておいたくせに、急に一緒に住もうなんて言いだしたから……」

黙っている藍沢に、美樹がさらに言う。

「先生は、お母さんと同居？」

「……いえ……死にました。俺がまだ物心つかないときに」

顔を曇らせて「ごめんなさい」と詫びる美樹に、「いえ」と答えて、藍沢が逆に訊いた。

「どうして、急に子供と住もうと思ったんですか？」

「……子供がね、大人になるのはあっという間なの。男の子は18歳くらいになれば家を出ていく……。先生もそうだったでしょう？」

「ええ……」

「仕事に夢中で、好き勝手やっていたら、気づかないうちに一樹は9歳になってた。一八年の半分が過ぎてた。……バカだったなって……ようやく気づいたの。人生は長いけど、子供と一緒に過ごせる時間はすごく短いんだって……」

自嘲気味に笑みを浮かべる美樹からは、深い後悔の念が感じられた。

「何年もほったらかしといて、母親失格だっていうのはわかってるわ……。なのに……すごくいい子なの。こんな私にも……優しいの……」

美樹の言葉は、いつしか涙まじりになっていた。

ＨＣＵの扉が開き、祖母の清美《きよみ》に連れられた一樹が中へ飛び込んできた。「おっす！」と陽気な声をあげ、満面の笑みを母に向けている。

具合はどうかと母を気遣う息子に、少し笑って「うん、もう平気……」と答える美樹。

やがて、意を決したように、感情を抑えて一樹に語りかける。

「やっぱり……一緒に暮らせないわ、お母さん。仕事が忙しくなってきちゃってね……」

息子に心配をかけまいとする、母のせめてもの親心だった。すべてを知る清美が悲しげに目を伏せた。

「え……嘘だろう? 俺、お別れ会してもらっちゃったよ? 勝手すぎるよ、お母さん!」

「そうだよね、勝手だよね……ごめん……」

こんな悲しい光景を、これまで何度見てきただろう。これから先もこんな場面にどれだけ立ち会うことになるのだろう……。藍沢は言葉もなく、三人の家族をただ見つめていた。

田上が病室で、外科病棟へ移る準備をしているところへ、白石がやってきた。最後までバッグに入れずにおいた家族三人の写真を見ながら、田上が白石に言う。

「先生、急に医者をやめろといわれたらどうします? 俺は3歳のときから滑り続けてきた。ほかには何もないんです……」

彼はまだスキーへの未練を断ち切れないでいた。

「一度でいいから滑れる方法はありませんか？　娘はまだ見たことがないんです、俺の滑ってる姿を……。たった一度でいい。滑ってる俺を、俺の仕事を子供に見せたい」

そう願う田上の顔には、父としての強い意志があらわれていた。だからこそ白石も、娘としての気持ちを、田上に話すことにした。

「私の父は医者です。同僚からも家族からも尊敬される医者でした。その姿を見て、私も医者を志しました。幼い私にとって、父はヒーローでした」

「それならわかるでしょう？　だから、俺も——」

「でも……」と、白石が田上の言葉をさえぎる。

「その父は体をこわし、もう長くは生きられません。そうなって初めて気づきました。ヒーローじゃなくていい。……ただ元気でいてくれればって……」

押し黙った田上に、白石がさらに語りかける。

「家族のためにベストな決断をしてください。……田上さんは、本当の勇気を知っている人だと、私は信じています」

無言のまま田上は、視線を家族写真へと戻した。妻と娘の笑顔が、彼に向けられていた。

ＨＣＵの窓から、清美に手を引かれて歩いていく一樹が見えた。小さくなっていく息子の背中を見送りながら、美樹が藍沢に訊く。

「あなたも、お母さんに言いたいことがいっぱいあるでしょうね」

「……いえ」と藍沢が首を振った。

「ただ、訊いてみたいです。子供と一緒にいられる時間は短いとわかっていたのか、って」

美樹が藍沢を見た。

「少なくとも、あなたはそれに気づいた。そのうえで……一緒に住まないことを選んだ。子供のために……」

美樹の視線をまっすぐに受け止めながら、藍沢が力強く言う。

「あなたは……いい母親だと、俺は思います」

「……ありがとう」

こらえていた涙が、美樹の目からこぼれ落ちた。

田上の乗った車椅子を、妻の和美が押していた。そのそばでは、事情を理解できない幼い娘が無邪気にはしゃいでいる。

それを見送る白石の手の中には、田上のボルトのネックレスがあった。

「先生にもらってほしい。俺にはもう必要ないから」

彼の言葉には、決意と、それでもぬぐいきれない悲しみがこめられていた。

ボルトのネックレスに目を落とす白石。ふと、思い立って駆け出し、「田上さん！」と、声をかける。振り返る田上に、白石は言った。

「このネックレス、私から楓ちゃんにプレゼントさせてください。だって……これは、誇りです。楓ちゃんにとっても……」

楓が不思議そうな顔で、父親と白石を交互に見上げている。白石は、腰を落として楓と目線を合わせてから、その小さな手のひらに、田上の勇気の証を置いた。

「なあに、これ？」

「大きくなったら……お父さんに訊いて」

楓が小さな笑みを浮かべて、うなずいた。涙を堪える田上に、和美がそっと寄り添った。

白石は心の底から願った。父親が娘のためにした、勇気ある決断を、幼い楓がいつの日か理解してくれることを。

10

田所のオペは、この日の午後、翔北病院の総力を挙げて行われることになっていた。彼の脳の動脈瘤は脳幹をひどく圧迫しており、血栓も、いつまた飛んでもおかしくない状況だった。一刻も早く手術しなければ、生命の保証はない。しかし、その動脈瘤は、処置するのが非常に難しい位置にあった。手術中、血流をうまく遮断できない可能性もある。もしも大量出血を起こしたりすれば、それはそのまま死につながるのだ。

そのリスクを少しでも軽減するために採られた手術方法は、循環停止法——文字どおり、全身の血液の循環を完全に止めるというものである。血流停止によるダメージを最小限に抑えるため、あらかじめ患者の体温を下げて、体を仮死状態にする。ただし、その状態を保てる時間はわずか二〇分。成功した場合も、90パーセントの確率で、なんらかの後遺症が残ると思われる。

求められるものは、熟練した医師の技術とスピード、そして運の強さだった。

脳外科、心臓外科、麻酔科の選りすぐりの医師によるチームを束ね、この難手術に挑むのは、脳外科部長の西条だ。しかし、百戦錬磨のベテランである西条にさえ、循環停止法を実践した経験は一度もなかった……。

大きなオペを控えているためか、病院全体に、どこかぴりぴりした空気が流れている。しかし、患者は待っていてはくれない。藍沢ら四人のフェローたちは、田所のことを気にかけつつも、いつもと変わらず、激務に追われていた。

彼らの頭の片隅にはもうひとつ重要なことがあった。翔北救命センターにおけるフェローシップ期間が、あと少しで終了するのだ。一人前の医師と認められて新たな道へと踏み出すのか、資格不十分と判断されてフェローの段階をやり直すのか——その答えが、もうすぐ出ようとしている。

「まさか……俺より先に倒れるとはな」と、見舞いに来た博文が言った。

「今回ばかりは俺が先を越したな。学生時代から、何をやってもお前にはかなわなかったが……」と、田所が軽口で応じる。

博文は、困難なオペを間近に控えた田所の明るい口調に、逆に励まされるような、不思議な感慨を覚えた。今はただ、旧友の無事を祈るよりほかはない。

「……またゆっくり話そう。オペのあとで、な」

しばらく言葉を交わしたあと、博文はそう言って、田所の病室を辞した。


あわただしく昼食をとる医師や看護師、入院生活の合間にくつろぎのひとときを過ごす患者たちに混じって、博文は昼過ぎのカフェにいた。目の前には湯呑みが二つある。自分と、これからやってくるはずの娘のためのお茶だ。博文は、白石と昼食を一緒にする約束をしていた。

深く息をついてから、時計を一瞥する博文。約束の時刻はとうに過ぎていた。このあと、講演のため青森に向かうことになっている。飛行機は一便遅らせたのだが……。

携帯電話が鳴る。画面を見ずとも、誰からの着信かすぐにわかった。

「ごめん、お父さん……」

電話の向こうから、娘の申し訳なさそうな声が聞こえてくる。

「これからオペ室なの。どうしても離れられなくて……ごめんね」

「そうか。……まあ、そんなもんだ、医者どうしの約束は」

落胆したが、同時に、医師として多忙な日々を過ごす娘が誇らしくもあった。

「部長のオペが終わったら、またお見舞いに来るでしょう？　そのときは必ずランチしよう」

「ああ、わかった。それじゃあ、恵も無理しないようにな……」

置かれた湯呑みを、一瞬、残念そうに見つめてから、博文は立ち上がった。


博文と入れ替わるように、田所の病室を訪れた者がいた。かつて翔北救命センターのエースとして辣腕を振るった黒田である。右腕の負傷で翔北病院を去ったあと、企業の健康診断などに携わりながら、彼は今も医師として働き続けていた。

元上司の病気を知って久々に顔を見せた黒田を、田所は喜んで迎え入れた。

「さっき、フェローたちがオペをしているのを見ました」

黒田がつぶやくように言った。瞳に一抹の寂しさをたたえて続ける。

「……すっかり医者の顔になっていましたよ。そのぶん……こっちは年をとったということなんでしょうね」

ノックの音がした。「失礼します」と声をかけて入ってきた橘が、先客の顔を見て、少し驚いたような声で言う。

「黒田先生……いらしてたんですか」

「おう、元気そうだな」と橘に応じてから、立ち上がって田所に告げる黒田。

「私はこれで失礼します。せっかくですから、ほかの科の先生がたにも挨拶しておこうかと……。手術の成功を祈っています」

一礼して出ていく黒田を見送ってから、田所が橘に尋ねた。

「緋山先生の様子はどうですか？」

「……手の傷は治りました」と答える橘。

「……つらいですね。患者におびえる緋山先生を見るのは」

「本来のあいつは、向こう見ずで負けん気の強い医者ですからね……」

重くなりかけた空気を、部屋に戻ってきた麗子が変えた。

「あら？　黒田先生の代わりに橘先生がいる」

「お邪魔しています」と頭を下げた橘に、麗子が訊く。

「……で、どうなの？　よりは戻せそう？　三井先生と」

「!?　いや、僕は……」

「思っていることはさっさと言ったほうがいいわよ。人間、いつ倒れるかわからないんだから。この人みたいに」

田所が思わず苦笑しながら言う。

「こういうのを嫁にもらうとね、死ぬに死ねませんよ……」

田所の手術を控えた西条は、オペ室近くの廊下で黒田と向き合っていた。久しぶりに懐かしい顔を見て、照れ隠しだろうか、皮肉めいた言葉をかける。

「ずいぶんこざっぱりした顔になったな。現場を離れるとそうなるのか？」

黒田もまた、ひねくれた答えを返す。

「うらやましいだろ」

「少しな」

表情を引き締めながら、黒田が訊く。

「オペの見立てはどうだ？」

「……手ごわいよ、かなり」

「しっかりやれ。……殺すなよ、部長を——」


ストレッチャーに乗せられた田所が、オペ室に向かって運ばれていた。かたわらに付き添う麗子が、夫に声をかける。

「待ってますからね、いつものように。帰ってくるのを」

彼女は微笑んでいた。無理をしてでも夫に笑顔を見せるのが、今の自分にできる最善のことだと思っているのだろう。田所が、妻にうなずき返した。

田所のオペが始まった頃、ひとけのない廊下の片隅で、藍沢はPHSを耳に当てていた。電話の相手は祖母である。絹江が退院してから、久しぶりに交わす会話だった。

「体調は？」と訊く藍沢に「もうすっかりいいよ」と応じてから、絹江が孫を気遣うように「あんたこそ、どうなの？」と訊き返した。

「いつもどおりだ。バタバタしてる」

「そう……いつもどおり……。強いね、あんたは」

いったんそこで言葉を切ってから、感慨深げに続ける絹江。

「本当に、強い……。誰に似たんだろうね。……でも、あまり無理するんじゃないよ」

「ああ、ばあちゃんこそ無理すんなよ。……二五日、行くから」

三月二五日は母の命日だ。毎年、祖母とともに墓参りに行っている。

以前の自分なら、それに特別な意味を感じることはなかった。単なる習慣として、母の墓に手を合わせていたにすぎない。しかし今年は、祖母とともに真実を背負い、きちんと亡き母に向き合いたいと思っていた。

通話を終えたとき、藍沢は自分を見つめる視線に気づいた。かつて自分に、いや、自分たち四人のフェローに、常に注がれていた視線だ。医師として、人として、藍沢たちを鍛え上げてくれた、厳しく力強い、その目の持ち主は――黒田以外、いなかった。

「……腕は？」

「……あの切断で、元に戻るわけがない」

藍沢の問いに、少し微笑んで黒田が答えた。その右手は、握力増強用のボールを握っている。

「二回の神経移植と一日二時間のリハビリ……。一年半かけてこの程度だ。……メスは、もう持てない」

右手のボールを、黒田が不意に藍沢へと放った。それを受け止める藍沢。黒田と出会ってからの時の流れが、藍沢の脳裏に蘇る。

「しっかり走れよ。……全力疾走できる時間は、振り返ってみると意外に短いぞ」

その言葉は、黒田の最後の教えのように、藍沢には聞こえた。

さまざまな思いとともに見つめ合う師弟の間に割り込んできたのは、ドクターヘリ出動を要請するホットラインの音だった。


それは、想像をはるかに上回る大事故だった。

羽田空港を出発した青森行きの小型航空機がエンジントラブルを起こし、成田空港へ着陸しようとして、空港から数キロ離れた地点に不時着、炎上したという。負傷者が多数出ているらしい。

飛行機の詳しい情報を聞いた白石の表情が凍りついた。

「……父の……飛行機です」

三井、藤川、冴島を乗せたドクターヘリが現場上空にさしかかったとき、林に横たわる機体の残骸からは、まだ煙が上がっていた。

ヘリから降りた三人が事故現場のほうへ急ごうとするのを、消防隊員があわてて止める。

「待ってください！　ジェット燃料にいつ引火するかわからないので、近づけません。怪我人は、そこの小学校の体育館に運んでいます」

もしも燃料に引火したら……それは、さらに悲惨な二次災害の発生を意味する。三人の胸に戦慄が走った。

現場の状況を受け、翔北病院からはヘリのピストン輸送で、引き続き医師を派遣することになった。藍沢と緋山に出動準備を命じた橘に、白石が申し出た。

「私も行かせてください」

無言で彼女を見返す橘。口を開いたのは、藍沢だった。

「不安で何も手につかないようなら、行くのはやめろ。現場は医者を待っているんだ」

蒼ざめた顔の白石が、しっかりした口調で応じた。

「……わかってる。医者として行くから」


オペ室では、田所の手術が続いていた。西条が懸念していたとおり、動脈瘤が邪魔をして、※椎骨動脈《ついこつどうみゃく》を遮断することができない。だが、田所の死を招くこの動脈瘤と血栓は、なんとしても今、処置しなければならない。西条が意を決して、メスで動脈瘤へ切り込んだ。

おびただしい血が溢れ、田所の血圧がみるみる低下していく。

「だめだ……出血がコントロールできない。……やはり循環停止法に切り替えよう」

西条の言葉に、心臓外科医たちが、にわかにあわただしく働き始めた。


体育館で怪我人のトリアージをしていた藤川は、そこで予期せぬ再会をした。相手は、あの列車事故の現場で、力を合わせて緊急オペをなし遂げた、若き救急隊員である。

「藤川先生！　細井《ほそい》です。その節はお世話になりました。おかげさまで、まだ続いてます」

あれからかなりの場数を踏んだのだろう、患者について説明する彼は、あのときと比べてずいぶん頼もしく見えた。細井の目に映る藤川も同じだったかもしれない。だが、感慨にふけっている暇はない。今は患者を少しでも多く助けることだけを考えるべきなのだ。

「まだ搬送の手が足りないんで、戻ります」

現場はまだ鎮火していない。負傷者を運び出す作業は命がけだ。駆けていく細井の背中に、藤川が声をかけた。

「細井くん、気をつけて！」

「はい、先生も！」

すぐ作業に戻った藤川に、サポートしていた冴島が尋ねた。

「知ってる人なんですか？」

「うん、一緒に患者を救ったんだ」

※ **椎骨動脈**
鎖骨付近から出て、頸椎（首の骨）の左右の突起に開いている穴を通り、頭蓋内に入る動脈。心臓から送り出された血液を、脳の後部に運ぶ役割を果たす。

橘と藍沢、そして緋山が、次のフライトで到着した。三井の報告を受けてから、負傷者の間へ散っていく。まずはトリアージ、それから迅速な治療……やるべきことは山ほどあるが、人手にも器材にも限りがある。その中で最善を尽くすことが、救命医の使命だ。まだ経験の浅いフェローであろうと、シニアの橘や三井に頼っているわけにはいかないのだ。

あとから来た白石が、赤タッグをつけられた患者に挿管を試みていた。なかなかうまくいかず、焦りが募る。額の汗を腕でぬぐったとき、背後から「代わろう」という声がした。藍沢である。挿管を手早くすませた藍沢は、一枚の紙片を広げて白石に見せた。「身体的特徴」などと書かれた紙だ。

「お父さんの特徴や所持品を書き込んで、警察か消防に渡せ。頭を切り替えるんだ」

「……」

用紙を白石のポケットにねじ込むと、藍沢はその場から去っていった。

緋山は冴島に呼ばれて、大やけどを負った宮元真治《みやもとしんじ》という患者の診察にあたっていた。彼の熱傷はⅢ度[※1]で、面積も体表の80パーセントに及んでいる。血管が破壊され、血流も途絶えた、きわめて危険な状態だ。気道熱傷[※2]もあり、あと一〇分もすれば、喉が腫れて呼吸が不可能になる。

そばについていた宮元の妻・多恵《たえ》に、緋山は説明した。

「気管挿管といって、呼吸を確保するために喉に管を入れる必要があります。ただ、一回挿管したら、もう抜けません。会話ができなくなります」

「会話なんて……治療が終わってから、いくらでも……」と言う多恵に、少しためらってから、緋山が告げる。

「……そのまま亡くなる可能性が高いんです。残念ですが……。つまり、このままにして、あと少しお話をしていただくか、挿管して治療に賭けてみるかということになります……」

多恵の顔から血の気がさっとひいた。

※1 Ⅲ度
熱傷深度（やけどの深さをあらわす分類）の、最も重い段階。皮下組織にまで損傷が及び、皮膚が壊死した状態であることを示す。
※2 気道熱傷
高熱の気体や煙、有毒ガスなどを吸い込んだことによって、気道（鼻・口・咽頭・喉頭・気管・気管支・肺など）に受けた障害の総称。

「そんな……」

絶句する多恵。緋山も、それ以上、何も言えない。見かねた冴島が声をかけた。

「どうされますか？」

「ど……どうされますかって……。治る確率はどれぐらいなんですか」

「……はっきり言って、厳しいです……」と緋山。

多恵は茫然とする。緋山もまた、葛藤していた。時間だけが過ぎていく。

しかし、今の緋山には決断できなかった。何が患者のためなのかわからない……そう思うと足がすくんだ。

「緋山！」

やってきたのは橘だった。すぐに冴島に指示を出した彼は、「宮元さん、呼吸を楽にするよう、チューブを入れますから」と患者に話しかけた。

「ああ……」

「奥さんは……大丈夫ですから」

宮元が「ああ……よかった……」と微笑む。「しんちゃん！」と多恵が叫んだ。

宮元に挿管した橘が、緋山を戒める。

「こんな状況で、家族に決断できるわけがないだろう。ここで判断するのが俺たちの仕事だ。いつまでも引きずるな。野上翼は帰ってこないし、提訴は取り下げられた。お前は今、できることをしろ」

「……また間違うかもしれません」と答える緋山。

「お前のやったことは間違いじゃない。ただ……結果が悪かった」

声の出ない緋山に、橘が力をこめて言った。

「逃げるな、緋山……！」


負傷者への処置をすませて立ち上がった藍沢は、同じく治療を終えたらしい白石のポケットから、さっき自分が渡した用紙がのぞいているのに気がついた。

「その紙、まだ出してないのか？」

「一七二センチ。肩にあざ。足の爪が巻き爪……」と、藍沢を見ないまま答える白石。

「……私が今、お父さんについて知ってること。こんなことしか……」

白石が取り出した用紙には、まだ何も記入されていなかった。

「たった三つ……自分の父親なのに……」

藍沢が静かに言った。

「俺はひとつも知らない。自分の父親のことなんて」

白石が藍沢を見た。彼女の瞳を見つめながら、藍沢は言った。

「お前は三つも知ってる」


ようやく飛行機が鎮火したという報告が入った。機体から運び出される患者の治療にあたるべく、医療スタッフが消防隊員の案内で現場へと急ぐ。橘を先頭に、藍沢、冴島……そして白石の姿もあった。

走りながら、白石を叱咤するように、藍沢は言った。

「昔と同じ顔だな。翔北に来た頃の、弱くて情けない顔……。黒田先生から何を教わったんだ」

藍沢の言葉がひときわ力強くなった。

「お前は医者だ。人を救え」


翔北病院のオペ室では、苦闘が繰り広げられていた。

田所の体温を低下させて血液循環を止めたことで、大出血の危機はとりあえず去った。

だが、肝心なのはここからである。

「血管壁への癒着がすごいな……」と言いながら、作業を進める西条。制限時間の二〇分が、刻一刻と過ぎていく。彼の額に、次第に焦りの汗がにじむ。

残された時間があとわずかであることを、タイマーが無情にも告げている。

「残り五分です。やれそうですか、西条先生？」

不安げに訊いた心臓外科医に向かって、西条が声を荒らげた。

「やれそう？　この状況を見てわからないか？　……頭を開けて、心臓を止めてるんだ。後戻りはできない。やるしかないんだ」

メスを握り直し、今にも消えそうな生命と向き合う彼の姿を、オペ室のガラス越しに見つめる人物がいた。

黒田だった……。


人垣の向こうに目を凝らした白石は、そこによく知る人物の姿を見て驚愕した。彼も負傷しているのだろう、足に包帯を巻いている。だが、自分の怪我など意に介さぬように、周りのレスキュー隊員たちへ、てきぱきと指示を出していた。

「そっちの患者、※橈骨《とうこつ》動脈が触れない。たぶん骨盤骨折だ。急いで運んでくれ」

※ **橈骨動脈**
橈骨（前腕の親指側にある長い骨）の近くを通る動脈。脈拍を調べるのによく使われる。

「お父さん⁉」

博文は、駆け寄る娘のほうへ振り向いた。

「……恵」

「なんで……なんで体育館に行かなかったの⁉」

心配のあまり、責めるように言った娘の耳に、穏やかな父の声が聞こえてきた。

「すまない。でもな……お父さんは、医者だから……」

その声には、何の迷いも、気負いもなかった。

横たわる患者たちの間をすりぬけるようにしながら、藤川は治療活動を続けていた。赤のトリアージタッグをつけられた者が多い。黒タッグ――すなわち「絶望的」「死亡」と判断された患者も少なくなかった。見たくない、しかし、目をそむけるわけにはいかない。気を抜けば折れてしまいそうな心を奮い立たせる藤川のもとへ、またひとり、赤タッグの患者が運ばれてきた。機体の破片が刺さった首からどくどくと血を流している
その患者を見て、藤川の顔から血の気がひいた。
「細井くん⁉」
先ほど勇んで患者の搬送作業に戻っていった細井の、変わり果てた姿がそこにあった。

「……情けないっすね、俺……。迷惑かけちゃって……やっぱり俺は腰抜けだ」

苦しげに呼吸をしながら、細井が藤川に言った。「しゃべらないほうがいい」と制して、負傷の状態を調べる藤川。破片は頸動脈すれすれの位置に刺さっていた。

「細井くん、よく聞いて……。破片が少しでも動いて頸動脈に触れればアウトだ。だけどここじゃ何もできない。ヘリ搬送の手配をするよ。この状態なら優先度は高い。そんなに待たずに乗れると思う」

「こんなときに怪我をして治療されてるなんて、なんのために俺は……」

細井は泣いていた。

「戻りたくないんだ！　もう昔の……腰抜けの自分には……」

あの列車事故のとき、あまりの惨事にすっかり委縮していた彼の姿を、藤川も思い出す。藤川は細井の瞳を見ながら、明るい調子で語りかけた。

「俺もあのとき、びびってたよ。そりゃあそうだ、あんな現場でオペをしたんだぜ。しかもさ、君は医者でもないのに手伝わされて……びびらないほうがおかしいよ」

藤川の表情が、急に真面目になった。

「でも……最後は助けたじゃん、俺たちで、患者さんを」

藤川の言葉を聞いて、細井は冷静さを取り戻したようだ。血に染まった頬に、かすかに笑みを浮かべながら、細井が藤川に言う。

「俺の搬送は、あとにしてください。動かずに輸液をしていれば、とりあえず大丈夫なんですよね？　だったら、もっと重症の患者を先にしてください。……せめて、それぐらいはさせてほしいんです」

藤川を見つめる細井の目には、固い決意があらわれていた。「腰抜け」ではない、本当の救急隊員として、細井はその身をかけて使命を果たそうとしていた。

「……わかった」

藤川がうなずいた。救命に身を捧げる同志の意を汲んで……。

「絶対にじっとしてろよ」

「一ミクロンも動きません」

細井に微笑み返してから、藤川は立ち上がった。


機体の残骸に取りついて、内部の様子を探っていた藍沢と冴島は、窓の向こうに、ひとりの少年——北村勇樹《きたむらゆうき》を発見した。重度のやけどを負って、腕が焼けただれているうえ、壊れた座席と座席の間に右足をはさまれて、身動きがとれないようだ。幸い、意識はある。

機内にかろうじて入り込んだ藍沢は、すぐに勇樹の診察を始めた。レスキュー隊員がガラスを外した窓を通して、冴島から器材を受け取りながら、「自分の名前、言えるか？」と、勇樹に問いかける。

力のない視線を向けて「はい」と応じた勇樹が、藍沢に問い返した。

「……お父さんは……どこ？」

「お父さんは無事だ。生きてるぞ」

心底ほっとしたように、勇樹がかすかに笑った。

「よかった……」

藍沢の横顔に複雑な表情が浮かぶ。勇樹の父、北村英樹《ひでき》の様子を、先ほど見てきたばかりなのだ。

頭と腕から血を流して地面に座り込んでいた北村は、手当てをしようとした藍沢の腕を振り払って叫んだ。「死なせてくれ！　息子を見殺しにして逃げてきたんだ……」と。

「窓際がいいって言うから席をかわってやったんだ。……バカだ、俺は……！」

北村はそう言って嗚咽した。

これだけの大事故である。冷静な判断力を失ってもおかしくない。その場から一刻も早く逃げ出したいというのは、人間としての本能でもあるだろう。彼を責めることはできないし、藍沢にも無論そんな気はない。だが——胸の奥から、ごくわずかではあるが、なんともいえない嫌悪感が湧いてくるのを、藍沢は自覚していた。父親が息子を見捨てたという事実が、自分自身の過去に重なり合って感じられたのかもしれない。

その北村は今もまだ、機体の外でうずくまり、ただ頭を抱え込んでいる……。

飛行機の残骸の中で、無理な姿勢を保ちながら、藍沢は勇樹の治療を続けていた。外ではレスキュー隊員たちが、機体を切断しようと作業している。この場所での処置には限界がある。一刻も早く勇樹の体をここから運び出さねばならない。

破れた肺から漏れて胸にたまった空気を排出するため、勇樹の胸部にチューブを挿入する藍沢。激痛に勇樹が思わず悲鳴をあげる。座席にはさまれた右足も、骨が折れ、筋肉もちぎれ、すでに死んだ状態だ。このまま放っておくと、そこから毒素が全身に回ってしまう。そうなれば生命も助からない。

藍沢は勇樹に伝えた。「すぐに右足を切らなければならない」と。

「……このままだと命にかかわるんだ」

「もういいよ……先生……！」

出ない声をふり絞るようにして、勇樹が泣きながら言った。

「足を切るなんて……。もうこのままでいいよ……。足を切られるのも、痛いのも、もう嫌だよ。放っておいてよ、先生……」

彼の心拍数は徐々に、だが確実に低下しつつあった……。


白石は父とともに、瓦礫に足をはさまれた患者の治療にあたっていた。

博文自身もまた足を負傷し、痛みのために荒い息をしている。白石は何度も体育館で休むように言った。だが、父は聞き入れない。体を診察しようとする娘を制し、「脈も正常、呼吸苦もない」と気丈に言い張るのだ。

「まだ怪我人がいるんだ。医者はひとりでも多いほうがいい。たとえ内科医でもな」

そんな博文を止める手立てを、白石は持っていなかった。

負傷者は中越公平《なかこしこうへい》という60歳の男性だった。娘の美咲《みさき》が不安そうに寄り添っている。レスキュー隊員が救出を試みているが、あと一〇分はかかるらしい。公平の意識状態は、だんだん悪化しつつあった。

「中越さん、わかりますか?」と言いながら、脈をとる博文。胸部と腹部をみていた白石の顔が、さっと蒼ざめた。腰の下に血だまりができている。骨盤を負傷していたのだ。

看護師が呼ばれ、現場ですぐに治療が開始された。輸液と挿管の処置のあと、公平の傷口にガーゼを詰めて止血する。不安げに見つめていた美咲が、自分の腹部にずっと手を当てていることに、最初に気づいたのは博文だった。「あなたは大丈夫？　お腹を打った？」

かぶりを振る美咲。その返事を聞いて、博文も白石も目を見開いた。

「いえ、……妊娠してるんです」

公平のガーゼパッキングを終えると、白石はレスキュー隊員に担架の用意を要請した。

「骨盤が安定していないので、体育館まで一緒に運びます」

そう言ってから、美咲のほうに顔を向ける白石。

「あなたもお腹の赤ちゃんをみてもらってね」

蒼い顔で小さくうなずいた美咲に、励ますように博文が声をかけた。

「お父さんとは、旅行か何かだったの？」

美咲は東京に住む恋人と遠距離恋愛中だという。娘の恋人の顔をどうしても見たいという父を連れて東京に行った、その帰りに事故に遭ったのだ。

「……父が、彼の仕事のことに文句をつけだしたんです。私もつい、かっとなってしまって……。それで……気まずいまま、飛行機に乗って……」

「……お父さん、赤ちゃんのことは?」

美咲はかぶりを振った。

「父にひどいことを言ってしまったんです、私……。父は怒ってごはんも食べなかった」

後悔の色を深くしながら、美咲が白石に訊く。

「大丈夫ですよね⁉ このまま死んだりしませんよね?」

涙のにじんだ美咲の目をまっすぐ見返しながら、白石は答えた。

「やれる限りのことはします」


全身にやけどを負い、苦悶の声をあげる子供を前に、緋山はただ立ち尽くしていた。患者の名は古川翔太《ふるかわしょうた》、まだ6歳である。いったいどこから手をつければいいのか、どうすればこの子の苦痛をやわらげられるのか……緋山にはわからなかった。方法は知っているはずなのに、こんな場面を何度も経験してきたはずなのに、体が動かず、思考も働かないのだ。

「先生、お願い、息子を助けて!」と、緋山にすがりつく手があった。翔太の母・知子《ともこ》である。その声で我に返った緋山は、混乱した頭のままでとにかく翔太に向き合った。

「……どこが痛い？」

「もうやだよお……。痛いよお！」

翔太は苦痛を訴えるだけだ。母が必死に呼びかける。

「大丈夫だよ、翔太！　先生が治してくれるからね！」

看護師が緋山に言う。

「冷汗あり、血圧90、心拍120。ショック状態です。熱傷が原因ですか？」

「いや、熱傷はそんなにひどくない……。気胸かも……」

ひどく心細げな緋山の声。彼女の胸の中で、不安と怖れが、すこしずつ、しかし確実に大きくなっていた。苦しみ続ける翔太の顔は、ますます蒼白になっていく。思いあぐねた緋山は、無線を手に取った。

「すみません、緋山です。誰か来てもらえますか⁉」

「橘だ」と返答がある。だがそれに続く言葉は、緋山を落胆させ、彼女の不安をさらに大きくするものだった。

「すまん。こっちも手が離せない。――エコーはやったのか？　まずはエコーをやれ。今、対策を考える」

通話を打ち切ろうとした橘に、「三井先生は?」と緋山がさらに訊く。自分でも、自分の弱さが嫌になる。しかし、訊かずにはいられなかった。

「無理だ。トリアージを終えて、こっちで妊婦をみてる。手が離せん」

緋山は観念して無線をしまった。再び不安な顔を、目の前の幼い患者に向ける。医師として、絶対に患者に見せてはいけない顔を……。


翔北病院のオペ室では、田所の手術が続いていた。タイマーがついに「0:00」になったとき、西条は決断を下した。

「いったん撤退だ」

助手が「え!?」と聞き返す。

心臓外科医たちのほうを向きながら、「さらに冷却しましょう」と言う西条。

「体温を18度まで下げれば、あと二〇分は稼げます。ダメージは増しますが、それ以外の選択肢はありません」

顔を見合わせる心臓外科医たちに、西条が告げた。

「人工心肺を動かしてください」

医師たちがあわただしく動き始めたのを確認した西条は、ふとガラス越しにオペ室の外へ視線をやった。そこには、唇を真一文字に結び、こちらを見つめる黒田がいた。二人の視線が、ガラスを通して交錯する。目だけで語りかけてくる黒田に、西条もまた心の中でうなずき、応えた。

モニターが、田所の体温が18度まで下がったことを知らせる。人工心肺がもう一度止められ、タイマーが「20：00」にセットされた。西条が作業を再開する。

「一分ごとにコールを頼む。……もしも、これで血管が形成できなかったら……もう打つ手はないが――」

藍沢の指示で、冴島は勇樹の父・北村の姿を探した。ようやく見つけた彼に、「勇樹くん、生きてます」と告げる。勇樹に生きる気力を出させて、その命を救うために、すぐに来て励ましてくれと北村に言う冴島。しかし、彼はかぶりを振った。自分は息子を置いて逃げ出した、最低の父親なのだ……と。

北村は経営する会社を潰してしまったばかりだった。それなのに見栄を張り、青森に寿司を食べに行こうなどと言って息子を誘い――その結果、この事故に遭ったのだ。

「……火が回ってきて、俺が逃げ出したとき……勇樹は、俺のことを見てたんだ。……逃げていく父親を、じっと、あいつは……」

「あなたのことは、どうでもいいんです」

懺悔のような北村の言葉を聞いて、冴島が口を開いた。強い口調だった。

「勇樹くんは今、狭い場所に閉じ込められ、全身傷だらけなんです。大人でもおかしくなりそうな状況で、必死に闘っているんです。そんなとき、そばにいないでどうするんですか？　父親であるあなたが……！」

「俺が行ったところで、できることは何も――」

なおもためらう北村を、冴島が励ます。

「できることはあります……！　そばにいることです」

藍沢は勇樹の右足を切断する準備にとりかかっていた。機体の外から冴島が声をかける。

「お父さん、来ました」

冴島に促されて、窓から勇樹の様子をのぞく北村。血まみれの息子の様子に驚き、いたたまれないように蒼ざめた顔をそむける。その父親に、藍沢が冷静に告げた。すぐに病院へ搬送しないと勇樹は死ぬ、彼の命を救うために右足を切断する……と。

「勇樹くんは生きることをあきらめかけている。だから、あなたはそこで声をかけ続けてください」

北村が藍沢を見る。続いて、横たわった我が子を見る。そしてもう一度、藍沢を見た北村は、まだ態度を決めかねている様子だった。

「ひとりだと、人は命を大切にしない。一緒にいたい、悲しませたくない……そう思える人がいるから、人は自分の命を大切にする。……勇樹くんが俺に最初に訊いてきたのは、あなたのことです」

うつむいて聞いていた北村が、顔を上げた。

「自分の怪我のことじゃなく、あなたの安否を訊いた。無事だと伝えると、笑顔を見せた。こんな状況で……。あなたみたいな親でも、この子にとっては大切な父親なんだ」

藍沢の言葉に打たれた北村の瞳から、涙が溢れ出た。体にチューブを通されたまま目を閉じている息子に、父が声をかける。心からの声を――。

「ごめんな、勇樹……。父さん、ここにいるぞ。……勇樹！　死なないでくれ！」

閉じられた勇樹の重いまぶたが、ほんの少しだけ開いた。そこには確かに光があった。死の淵で踏みとどまり、懸命に生き延びようとする、命の光が灯っていた。

オペ室には、無影灯を背に、懸命に作業を続ける西条の姿があった。

残り時間を示すタイマーが「9：20」になったとき――「どうにか終わった。修復完了だ」という西条の声がした。一同の口から、安堵の息が漏れる。すぐに田所の体温を上昇させる措置がとられ、人工心肺が動かされた。

「あとは……再拍動だ」

田所の体温が36度にまで上がったとき、心臓外科医が人工呼吸器を作動させた。人工心肺が外される。そして……田所の心臓は再び鼓動を開始した。まだ頼りなげではあるが、彼の命は確かに熱いリズムを刻んでいる。

「閉胸が終わりしだい、ＩＣＵに運ぼう。……みなさん、ありがとうございました」

医師たちに礼をしてから、ガラスのほうへ視線を送る西条。ほっとした顔で自分を見つめる黒田が、まだそこに立っていた。おそらく自分もまた、黒田と同じような表情を浮かべているのだろう――と西条は思った。


骨盤骨折を負ったその患者をひと目見て、藤川は愕然とした。右足全体がどす黒く変色しており、足首の脈はまったくふれない。目立った外傷こそないものの、血流が完全に止まっているに違いなかった。このままでは手の施しようがない。

狼狽する藤川のＰＨＳが着信を告げた。電話に出た藤川が耳にした声の主は、あまりにも意外な人物だった。冷たく、無愛想で、けれどもこんなときに最も頼りになる人――。

「黒田だ。……手が足りないらしい。俺が指示を出す。状況を説明しろ」

内心の驚きを抑えながら、患者の状態を黒田に伝える藤川。黒田の決断は、あの頃と同じように、早く、そして的確だった。

「二時間血流がなかったら、その足は無理だ。切り落とすことになる。……バイパスしろ。左足の血流を右足へバイパスするんだ。……そこに何か使えそうなものはないか？」

PHSを耳に当てたまま、周囲を見回す藤川。

「……点滴チューブがあります！　長さ七〇センチ弱です」

「ちょっと細いが、まあいい。それを使え」

サポートしていた看護師が、受け取ったPHSを藤川の耳にあてがう。黒田の、あいかわらず辛辣で頼もしい声を聞きながら、藤川はメスを握った。

時間が刻々と過ぎていく。細心の注意を払いながら、藤川は手を動かし続けた。彼の目は赤く染まった患部にのみ注がれ、彼の耳は黒田の指示する声だけに傾けられる。そして藤川の心は、「患者を救いたい」という、すべての医師が現場でいだく、ただひとつの願いに占められていた。

すべての処置が終わった。「とりあえずは、それで大丈夫だ」と言ったあと、黒田は一言つけ加えた。「よくやった」——と。

あたたかい声だった……。あとから思い出したとき、藤川はそう感じた。あの頃の自分にはけっしてかけられたことがない、信頼に溢れた、あたたかな一言だった。

緋山はまだ不安と怖れと混乱の中にいた。翔太を救いたい、その気持ちに偽りはない。だが処置をする手に力はなく、患者を見つめるその瞳に光はなかった。医師の不安は周りへもすぐに伝わる。

「先生、目がうつろですよ！　翔太、しっかり！　翔太！」

母の悲痛な声も、緋山の力になってはくれない。再びつながった無線から、橘の声が聞こえてきた。状況を聞くと、橘はすぐに判断を下した。指示と叱咤が絶え間なく飛ぶ。

「……おそらく横隔膜破裂だ。一時間以内にオペをしないと助からない」

ヘリは飛び立ったばかりで、今すぐ翔太を病院へ搬送することはできない。だとすれば結論はひとつしかない。

「そこで切れ」

橘の指示に、緋山がメスをとる。だが、翔太の腹部にかざされたメスは——そこで止まった。緋山の手が、瞳が、顔が……震えていた。

「どうしたんですか、先生?」と、緋山にすがるように訊く知子。こわばった顔で、緋山は知子に言った。

「私……ちょっと問題を起こして、何週間もオペをしていないんです。現場での開腹も初めてで……すみません! 私には、できません……!」

黙って自分を見つめる知子に、緋山は頭を下げた。「医者はほかにもいるのに、私みたいなのに当たってしまって……本当に申しわけありません」

声を震わせる緋山。返事をしないまま、知子は周囲を見渡した。その視界に入ってくるのは、大勢の怪我人とその治療に走り回る医師たちの姿。やがて……大きく息を吐いてから、知子が緋山に語りかけた。

「先生、聞いて。私も正直、ほかの先生を呼びたい。でも、無理なんでしょ? ……先生に何があったか知らないし、そんなのどうでもいい。ただ、私は運が悪いとは思わない。だって、まだ医者にみてもらってない人もいっぱいいる。でも翔太は先生にみてもらえた」

緋山が顔を上げて知子を見た。まっすぐな瞳がそこにあった。知子がさらに語りかける。

「先生にあきらめられたら可能性はゼロなの。今、翔太を救えるのは先生だけなんです。医者はたくさんいるけど、翔太をみてくれてるのは先生だけなんです……！」

思わず目を閉じかけて、緋山は自分を押しとどめた。彼女は知子を見つめる。そして、息子を思う母と同じくらい強い意思で、目を見開いた。

そして……緋山は無線の向こうにいる橘に告げたのだ。「ここで、開腹します」と――。

橘がうなずくのが見えた気がした。

「……いいか、それはただの臓器だ。物だと思って切れ」

橘の言葉を受けた緋山は、寝ている翔太を見て、かぶりを振って答えた。

「いえ、それはできません。……物ではなく、人だと思って切ります……！」

白石は博文の助けを得て、公平の応急処置を終えた。検査の結果、美咲のお腹の赤ちゃんにも異常はみられなかったという。涙ぐみながら父の手をとる美咲を見て、白石もほっと安堵する。ところが――安定していたはずの公平の容態が急変し、突然、意識を失ったのである。

開胸して原因を調べようと準備を始めた白石に、博文が「待った」をかけた。聴診器を公平の胸に当てた博文は、白石に告げる。

「かすかだが、心膜の摩擦音がある。……心破裂しているかもしれない」

「え？　私、聞こえなかった……」

博文の診断は当たっていた。心破裂なら一刻の猶予もない。こうしている間にも、公平の心拍はどんどん低下していく。白石は父の手を借りて、現場で開胸オペを行った。開いた胸の中にガーゼを押し込みながら、白石は公平に必死に呼びかけた。

「娘さんは、あなたに伝えたいことがまだいっぱいあります！　嬉しい知らせや謝りたいことや……いっぱいあるんです！　だから……頑張って。生きて……。娘さんを見てあげてください、もう一度……！」

消えかけた心拍が回復しだしたのは、そのすぐあとだった。


藤川は病院へ急ぐヘリの中にいた。暗く淀んだ彼の瞳は、目の前に横たわるひとりの患者を見つめていた。さっきまで確かに生きて、自分と言葉を交わしていた、ひとりの人間の顔を――。救急隊員の細井が、たった今、出血多量のため息を引き取ったのだ。

ほんの少し前、「よく耐えたな。勇気あるよ、細井くん」といたわった藤川に、「ただ動かなかっただけですよ、何もしてません」と、照れたように答えた細井。だが次の瞬間、咳が一回聞こえたと思う間もなく、彼の首から大量の鮮血が溢れ出した……。

挿管も、心臓マッサージも、すべて無駄だった。

「細井くん……」


翔太を乗せたストレッチャーが救急車に運ばれていく。見送る緋山の顔には疲労と、しかしそれ以上に深い充実感とが溢れていた。

「かっこよかったですよ、先生」という声に振り返ると、知子が笑っているのが見えた。

「みてくれたのが先生でよかった。……ありがとう」

そのとき、緋山のそばには橘の姿があった。

「よくやったな」とねぎらう橘に、緋山はつぶやくような声で応じた。

「怖くてしょうがなかった。……翔太くんは、患者さんは、もっと怖いはずなのに……。やっぱり私、医者失格ですね……」

「弱いんだよ、人は……」

「……」

「でも、医者は強くなきゃいけない。……難しいな」

別の救急車が公平と美咲を乗せて発車するのを、白石は博文と並んで見ていた。大きく息をひとつついてから、白石が父に言う。

「さあ、お父さん。今からは怪我人ね！」

足の痛みを思い出したのか、少し顔をゆがめた父は、笑いながら娘に応じた。

「しょうがない。言うことをきくとするか……白石先生の——」


ヘリに乗せられる勇樹を見つめながら、北村が心配そうな声で藍沢に訊いた。

「勇樹は……どうなりますか?」

「……足の接合は難しいです。やけどした皮膚の移植もあるし、肋骨も折れている。息子さんには過酷なリハビリが待っています。……彼の人生は確かに変わった。つらいこともあるだろうし、あなたのことも恨むかもしれない」

言葉を切った藍沢は、目を伏せる北村を見すえながらさらに続けた。

「でも、勇樹くんの支えになってほしい。どんな父親でも……きっと、いないよりはましなはずです……」

唇を噛みしめ、無言で立ち尽くす北村。父親として本物の覚悟が彼に求められるのは、まさにこれからだ。まだ頼りなげな姿だが、少なくともそこに、息子を思う父親としての決意の芽生えがあるのは、藍沢にも見てとれた。

乗客四九名のうち、死者一八名。重軽傷者三一名。そのほかに救急隊員一名が死亡
――ロビーに置かれたテレビが、夕方のニュースでそう伝えていた。

「フェローたち、みんなよくやったよ。あんな過酷な状況で……。緋山も……逃げなかった。あそこで失敗する怖さも十分にわかったうえで、あいつは前に進んだ」

並んで廊下を歩きながら、三井に橘が語りかける。「……立派だよ」

エレベータの前で足を止める橘と三井。少ししてから、橘が言葉を継いだ。

「俺は……四年前に逃げ出したけどな。……弱かったのは俺のほうだ。君じゃない」

「……え？」

「自分の弱さをずっとごまかしながら生きてきた。……すまなかった」

頭を下げる橘を、三井は黙って見つめていた。エレベータが到着し、その扉が開いたとき、三井が初めて口を開いた。

「弱い、か……。あなたのいいところは、その弱いところよ」

三井は微笑んでいた。「あなたは変わってないわ。昔から、ずっと……」

三月二五日——救命センターの若きフェローたちにとって、その日はフェロー修了日である。

病院の屋上で、携帯電話で話している藤川のポケットには、一枚の紙が入っていた。「フライトドクター認定書」。誇らしくも、どこか面映ゆい、そんな感慨を胸に、藤川が電話の向こうの相手にそれを報告していたのだ。一番伝えたかった人物に。

「まさか、お前がなれるとはな」

憎まれ口で返したのは黒田だった。皮肉は聞き流して、藤川が答える。

「これがもらえたらどんなに嬉しいだろうって思っていました。でも、いざもらうと、あまり嬉しくないですね……」

「フライトドクターが楽しい仕事だとでも思っていたのか？　現場はいつでも最悪だ。救うよりも死なせることのほうが多いかもしれん。それがこの仕事だ。……嫌ならやめろ」

「……でも、救える人もいるんですよね。だから……やめません」

「……相変わらず最低だ、お前は」

黒田はどこまでも黒田だった。最後の憎まれ口は……あの日の現場で聞いたものと同じように、どこかあたたかかった。

緋山の手にはフライトドクター認定書はなかった。医療過誤疑惑の際に受けた謹慎によるブランクは、やはり大きかったのだ。だが悔いはない。自分でも不思議なくらい、緋山の心は晴れていた。

あの事件があったからこそ、今の自分は医師として、過去の自分より前進できた。そう信じられる。だからこそ緋山は、つい先日、翼の母・直美から謝罪を受けたときに、はっきりとこう答えられたのだ。「あなたとまた話せてよかった」と……。

遅れたぶんは、また取り返せばいい。その自信もあった。

元気になった田所に、「ちょっと遠回りすることになりました」と告げたとき、彼は微笑みながら、こんな言葉をかけてくれた。「私と一緒ですね……」

認定書の代わりに緋山が得たものは——医師として、人間としての強さだった。

認定書をもらった白石は、やはりこのまま翔北病院で救命医を続けることに決めた。足の傷が癒えた父に、精一杯の思いをこめて、白石はこう伝えたのだ。医師として自分はまだまだ未熟だ。だから、ここに残る、と。

「救命に残って技術を磨く。お父さんにも安心してもらえるように」

「安心してるよ、とっくに」と、父は言った。「安心しすぎて何も言うことはない。寂しいくらいだよ」と……。

娘として、後輩の医師として、白石が博文に言えるのはこれだけだった。

「お父さんみたいな医者になる」――。


母の命日の翌日、藍沢は絹江と連れだって、母の眠る墓地へと続く長い坂道をのぼっていた。本当ならここに来るのは前日のはずだったのだが、フェロー修了の日と重なったために休みがとれず、一日ずれた墓参りになったのである。

藍沢もまたフェローシップを無事に修了し、翔北病院に残ることが決まっていた。彼が選んだのは脳外科である。西条のもとで技術を磨き、その後は心臓外科を志望するつもりだ。そうしてキャリアを積み、さらに高い技術を得たのちに、再び救命の道に戻りたい、そう思っていた。今日はそれを母にも報告したかった。

墓地が見えてきたとき、絹江が不意に口を開いた。

「ごめんよ、耕作……。あんな嘘をずっとついてきて……」

答える代わりに藍沢は、祖母に背を向けてかがんだ。

「ばあちゃん、背に乗れよ。足、疲れただろう？　昔はよくおぶってもらったよな。今度は……俺がおんぶする番だ」

「あんたは強くて、優しい子に育ってくれた。……ありがとう」

孫の背中でそうつぶやいた絹江に、振り向かないまま藍沢が答える。

「子供の頃はずっと寂しかったよ。でも、それでよかったと思ってる。危険な目に遭わないと、人はいつか死ぬってことに気づけないだろ？　それと一緒だ。当然のように親や周りの人に大切にされてると、それに気づけない」

「……」

「俺は気づけた。両親のいない二〇年があったから。……ありがとう、ばあちゃん」

藍沢が母の墓の前で出会ったのは、思いもかけない人物だった。いや、そうではない。ここにいてほしいと、心のどこかで願っていた、たったひとりの人間——誠次だった。

声もなく誠次を見つめる絹江。きまり悪そうに母の顔を見返す誠次。彼の手には花束と、水を湛えたバケツがあった。

「毎年、来ていたんですか？　命日の翌日に……？」と、藍沢が誠次に問いかける。

「まあね。……命日に来て、顔を合わせたら……嫌だろう？」

藍沢は父と並んで、墓前で手を合わせていた。早咲きの桜の花びらがはらはらと舞い散る中、父と子は互いに何も語らず、ただ黙って妻に、母親に、祈っている。

そっと隣を見やる藍沢。まだ少しばつが悪そうな父の横顔がそこにあった。

このとき藍沢の脳裏に蘇っていたのは、あの飛行機事故の日、息子を残して逃げ出し、それを死ぬほど悔やんでいた北村英樹に向かって、自分が投げかけた言葉である。

「どんな父親でも、いないよりはましなはず」――同じ言葉を今、改めて自分の胸に語りかけてみた。そして――思ったのだ……。

自分には、父親がいる。

その父が今、自分の目の前で、一緒に母に手を合わせている……。

ふと思い立ち、藍沢は誠次に話しかけた。

「手を見せてくれませんか?」

いぶかしげに、それでも言われるまま、手を出してみせる誠次。

「家を出ていくとき、頭を撫でてくれた。あのときは、大きな手だと思ったけど……」

誠次の手の横に自分の手を並べてみせながら、藍沢は言った。

「俺、病院の若手の中では誰よりも手が器用なんです。この手は俺の一番の誇りです」

誠次が怪訝な顔をする。構わずに続ける藍沢。

「ほかのことはわかりません……。ただ……俺のこの手だけは、きっと……あなたに似たんだと思う」

誠次が藍沢の手を見つめる。しばしの沈黙のあと、「そう……」と小さく答えて、息子の顔へとゆっくり視線を動かしながら、父が「……だといいけど」とつけ加えた。

藍沢もまたその父の目を見つめていた。そして、今にも溢れ出しそうな思いを胸の奥に隠しつつ、かすかに微笑む父に向かって、藍沢ははっきりと伝えたのだ——。

「……来年は、命日に来てください」

人は歩み寄る生き物だ。歩み寄り、そして相手を理解する。藍沢は今日、その一歩目を踏みだしたのだ……。

CAST

藍沢　耕作（フライトドクター・フェロー）‥‥山下　智久

白石　恵（フライトドクター・フェロー）‥‥‥新垣　結衣

緋山　美帆子（フライトドクター・フェロー）‥戸田　恵梨香

冴島　はるか（フライトナース）‥‥‥‥‥‥比嘉　愛未

藤川　一男（フライトドクター・フェロー）‥‥浅利　陽介

田所　良昭（救命救急部長）‥‥‥‥‥‥‥‥児玉　清（特別出演）

森本　忠士（フライトドクター）‥‥‥‥‥‥勝村　政信

梶　寿志（パイロット）‥‥‥‥‥‥‥‥‥‥寺島　進

西条　章（脳外科部長）‥‥‥‥‥‥‥‥‥‥杉本　哲太

三井　環奈（フライトドクター）‥‥‥‥‥‥りょう

橘　啓輔（フライトドクター）‥‥‥‥‥‥‥椎名　桔平

■ TV STAFF

脚本：林 宏司

音楽：佐藤直紀
主題歌：Mr.Children「HANABI」(TOY'S FACTORY)

プロデュース：増本 淳

演出：西浦正記、葉山浩樹
制作著作：フジテレビジョン

■ BOOK STAFF

脚本：林 宏司

ノベライズ：沢村光彦

ブックデザイン：竹下典子(扶桑社)

コード・ブルー 2nd シーズン
―ドクターヘリ緊急救命―

発行日 2017年7月28日 初版第1刷発行
2018年6月20日 第14刷発行

脚　　本 林 宏司
ノベライズ 沢村光彦

発 行 者 久保田榮一
発 行 所 株式会社 扶桑社
〒105-8070 東京都港区芝浦1-1-1 浜松町ビルディング
電話 (03)6368-8870(編集)
(03)6368-8891(郵便室)
www.fusosha.co.jp

企画協力 株式会社フジテレビジョン
印刷・製本 中央精版印刷株式会社

ISBN978-4-594-07762-4